G. E. Rischka

Erzählungen

Wo wanderst du mit deinen Träumen hin?
Trägst ein zerbrechlich Bild in deinen Händen -
Wird dir das Licht nicht ewiger Gewinn,
Gehst du durch Dämmerung, in Nacht zu enden...

Und über Gräber rauscht so wunderlich
Des Lebens eitel gleißendes Gefieder,
Hebt in die Sternenhelle sehnend sich,
Senkt in das Dunkel ahnungslos sich nieder...

Dann bleibt verschlossen der Erlösung Tor -
Den Tod wird keines dir vom Herzen rufen,
Hebt Gott dich nicht aus Mitternacht empor
Zu seiner Stille lichtumkränzten Stufen...

Gerhard Ewald Rischka

Erzählungen

Herstellung und Verlag:
Books on Demand Gmbh,
Norderstedt
ISBN: 978-3-8370-7543-4

Inhalt

Ingvar und Elin

Es war in der Zeit, wo der Frühling sich in den frühen Sommer neigte, daß Gärten und Wiesen trunken wurden vor Blüten und werdender Frucht.

Wie die Morgensonne den Tau berührt und sich in dessen kristallene Klare hineinsenkt, so war es, als Ingvar und Elin einander begegneten und sich stumm in die Augen sahen. Es ward ein Feuer in ihren Herzen angesteckt, ein stilles heiliges Feuer. Sie begegneten einander oft, und immer war es der gleiche Blick, der sie im Schweigen Unsagbares reden ließ. Das war die Sprache der tiefsten Liebe, in der die Sterne wandeln und der Himmel sagenvoll blaut.

Einmal aber drängte sich doch das Herz über ihre Lippen, als sie vor einander standen und der Jüngling ihre Hände in die seinen nahm.

»Ich bin Ingvar. Wie nenne ich Dich, Freundin?«

Ein leises Rot ging wie ein Sonnenstrahl über ihr Gesicht, da sie ihm Antwort gab:

»Sage Elin zu mir, so nannte mich die Mutter.«

»Wer ist deine Mutter, Elin?«

»Meine Mutter war die Güte. Wenn sie die Hand auftat, floß Segen aus ihr.«

»Welche eine gute Mutter! Als mein Vater noch lebte, sagte er oft zu mir, die rechte Mutter sei die Güte.«

»Wer war dein Vater, Ingvar?«

»Mein Vater war die Gottesfrucht. Wenn er sein Gesicht aufhob, war Demut und Stille darin, und wenn er den Mund auftat, klang in jedem Wort die Freude mit.«

»So müssen wir auch sein, Ingvar, du die Gottesfurcht und ich die Güte - und beide zusammen beides.«

»Ja, Elin.«

Und sie gingen zum ersten Male Hand in Hand durch die Felder.

Da löste sich aus dem Gesträuch am Wegrand ein Weib und sah ihnen mit gelben Augen nach. Dann aber eilte es die Straße hin, durch den Wald bis zu ihrer Hütte und rief alle ihre Söhne und Töchter herbei, und es war eine gar stattliche Zahl derer, die sie ihre Kinder nannte. Laster hieß sie, und ihre Kinder waren Neid, Geiz, Habsucht, Wollust, Grausamkeit, Hochmut und noch viele andere. Prächtig sahen manche von ihnen aus und waren voller Lockung - aber hinter ihren Gesichtern und Kleidern war Enttäuschung, Abgrund und das graue Nichts - doch davon wußten die wenigsten, die sie ansahen.

»Wie soll es werden?«, sprach das Weib zu ihren Töchtern und Söhnen. »Sie verschmähen euch und finden Gefallen aneinander. Ja, sie lieben sich! Aus dieser Liebe werden Kinder wachsen, die so gut sind wie diese beiden, und immer mehr der guten Früchte werden die Erde füllen, ihr aber werdet verachtet und vergessen am Wege sitzen, wie ich es eben tat.«

Da fragten einige: »Was sollen wir tun, daß dieses nicht geschieht?«

»Mache eine Schlange aus ihr, die jeden ahnungslosen Wanderer boshaft in die Ferse sticht, daß er am Gift zugrunde geht!«, rief die Bosheit.

»Nein, nein! Eine geile Hündin - von Hunden gehetzt, daß sie die Keuschheit verliert!«, schrie die Wollust.

»Dann wird er keinen Unterschied finden zwischen ihr und mir und wird mich lieben!«

»Was glaubt ihr«, antwortete ihnen das Weib, »sie wird nie boshaft sein und immer rein bleiben, weil sie von Herzen rein ist.«

»Lasse sie Feuer sein, das nach allem verlangt und alles zerstört, was sich ihr naht, und daß sie nicht genug bekommt, um immer zu brennen!«, eiferte die Gier.

Das Laster aber schüttelte den Kopf: »Sie würde ein heiliges Feuer sein, das auf Altären brennt, denn ihr Herz kennt dich nicht, Tochter. An ihrem Herzen kann ich nichts tun.«

»Als eine häßliche Kröte soll sie leben, vor der man sich ekelt, daß der, der sie liebt, mit den Füßen nach ihr tritt und sich von ihr abwendet. Er wird sie dann nicht lieben.«

»Er liebt jedes Geschöpf, weil er die Seele darin sucht und liebt - und diese ist schön. Ich kann ihr die Seele nicht nehmen.«

»Zur Heuschrecke werde sie, zur grausamen Gottesanbeterin, die, nicht der Liebe fähig, den eigenen Gatten fühllos verschlingt!«

»Eine Spinne, die wie jene tut und ihre Opfer grausam in die Netze lockt, um sie zu erwürgen!«

»Sie kann nicht fühllos sein, weil sie das Mitleid kennt und tiefe Liebe trägt. So nützt auch dieses nichts.«

»Gold werde sie, glänzendes Gold, daß man Münzen daraus prägt, um sich die Lüste damit zu erkaufen!«

»Ihr versteht das nicht, meine Söhne und Töchter!«, sagte das Laster. »Man wird aus diesem Golde einen wunderschönen Ring schmieden, an dem man Freude trägt, oder einen Abendmahlkelch - was weiß ich. Nein, ich weiß besseres zu tun, daß auch ihre Seele schweigen muß!«

»Laß hören! Laß hören!«, schrien sie da alle durcheinander.

»Still! Ich will es euch sagen!«, rief das böse Weib dazwischen, daß sie gespannt ihrer Worte warteten. »Ich will sie in einen Rosenstock bannen als eine Knospe, die immer Sehnsucht tragen muß, aufzublühen.«

»Was ist da schön dabei!«, unterbrach die Lüge ihre Mutter. »Das erniedrigt sie nicht vor uns.«

»So warte doch, bis ich ausgeredet habe«, antwortete diese und fuhr fort: »Als eine Knospe, die nicht blühen kann... Versteht ihr, was das für Schmerzen schafft? Nachts wird sie Mensch sein und klagend über die Felder wandeln und um ihres Liebsten verschlossenes Haus, denn die Schwelle kann sie nicht überschreiten, wenn ich den Bann darüber gesprochen habe. So wird er nicht wissen, wer vor seiner Türe jammert und weint. Am Tage dann wird sie Sommer um Sommer vergeblich auf's Blühen warten - wie Winter um Winter, als eine Knospe vor dem Aufblühen, frierend verklagen. Wenn ihr Geliebter den Weg geht, dann wird er an ihr vorübergehen und weiß es nicht. Bricht er die Knospe, dann wird sie in seinen Fingern erlöst verwelken, denn die Erlösung geschehe nur, wenn sie erblüht im Tau stünde...«

»Wenn aber einer käme, der sie anrührte, daß sie sich auftut, Rose zu sein? Dann fiele doch der Tau auf sie wie auf alle übrigen. Und wenn der Liebende den Weg vorübergeht, wird er sie erblicken und brechen - und unsere Freude ist umsonst.« So sprach der Neid.

»Wie dumm du redest!«, schalt das Weib. »Wenn sie zur Nacht als ein Mensch wandelt, wird nie Tau auf sie fallen!«

Als sie dieses hörten, waren sie zufrieden und freuten sich, daß so an dem Mädchen geschehe.

Also geschah es auch. Elin ward eine Knospe an dem Rosenstock, der einsam im Felde stand. Nachts wurde sie Mensch und wanderte zu Ingvars Hütte hin, daß sie ihn sähe. Aber die Tür tat sich nicht auf, hatte doch das böse Weib an der Schwelle ihren Bann gesprochen.

Da saß Elin Stunde um Stunde auf den Stufen und wartete, daß Ingvar käme. Der aber wußte es nicht und lag im Schlummer, während sein Herz ihrer wartete. Dann geschah es wohl, daß die Klage des Mädchens durch Tür und Wand bis zu ihm fand, darüber sein Herz in Schmerzen ihren Namen rief. Aber das Laster schlich in die Kammer hinein und erstickte den Ruf und warf böse Träume in seinen Schlaf, daß er in ihnen zu ihren Töchtern fände. Ingvar jedoch schüttelte sie von sich, ehe er ihnen verfiel und dachte der reinen Elin, wenn er am Morgen die Wimpern aufhob und den Weg hinuntersah, wo er im Fernen verklang, den Weg, den Elin immer gekommen war. Einsam stand er dann und dachte ihr wieder zu begegnen, aber er sah sie nicht mehr, darüber ihm fast das Herz zerbrach.

»Wo bist du, Elin?«, fragte er in den Wind. »Wo finde ich deine Hände, wenn ich die meinen aufhebe, sie anzurühren?«

Keiner gab ihm Antwort. Er suchte Tag um Tag, die er liebte - und fand sie nicht. Verwundert aber stand er an jedem Morgen vor den kostbaren Perlen, die auf den Stufen vor der Tür lagen, daß er sie aufsammelte und eine zur anderen tat. Er wußte nicht, woher sie kamen, und nicht, daß es die Tränen waren, die aus Elins Augen um ihn auf die Schwelle regneten.

So ging der Sommer hin und der Winter fiel in den Herbst hinein, daß die Knospe am Rosenstock frierend stand. Und als über Nacht der erste Schnee gefallen war, sah Ingvar staunend Spuren darin und ging ihnen nach. Aus jeder hob er eine Perle auf, daß er darüber nachsann, woher sie kämen. Dann versiegte jäh das Bild im Schnee. Am einsamen Rosenstock gingen die Spuren zu Ende, daß er nicht begriff, warum es so war. Als er in die Zweige hineinschaute, gewahrte er die einsame Knospe darin, und er griff danach, um sie zu brechen und mit sich zu nehmen. Da aber bewegte sie sich und zitterte wie in Angst, daß er erschrak und die Hände von ihr nahm.

Solange der Schnee die Erde bedeckte, war es an jedem Morgen so, und das machte sein Leid in Nichtwissen um das Rätsel größer und größer. Am Abend begab er sich nicht mehr zur Ruhe, um zu sehen, wer zu seiner Tür käme und die Perlen ausstreute - aber immer fielen ihm die Augen zu, daß er versäumte, nachzuschauen, denn das Weib kam und warf wie immer Schlaf und böse Träume in sein Herz.

An einem der Wintertage kam ein alter Mann den Weg daher. Beim Rosenstock blieb er stehen und sah sinnend die Knospe an, die in der Armut fror. Voller Mitleid neigte er sich zu ihr hin.

»Ich weiß dein Leid«, sprach er und hielt einen Augenblick die Hände wie segnend über sie. Dann wiederholte er: »Ich weiß dein Leid. Trage geduldig die Schmerzen, die einmal in der Freude ihre Krone finden.«

Und er wandte sich und ging davon, aber noch einmal blickte er sich nach ihr um, und noch einmal redete er lächelnd: »Ich weiß dein Leid. Im Frühjahr will ich kommen und nach dir sehen, vielleicht, daß ich dir helfen kann.«

Und weiter schritt er und verwehte wie ein sanfter Wind, der durch die Zweige geht.

Dann schmolz der Schnee und die braune Erde blickte lebenshungrig zum milderen Himmel über sich auf. Die wärmende Sonne verschenkte sich ihr, daß sie Gräser gebar und Blumen und mitten im herrlichsten Leben stand. Da brachen auch aus dem Gezweig des Rosenstocks sechs Knospen hervor und gesellten sich der einsamen Schwester zu, die Nacht um Nacht vor der Schwelle des Hauses, dessen Tür ihr verschlossen blieb, Perlen verstreute. Die sechs Knospen begannen sich zu dehnen und zu strecken wie Kinder, die aus dem Schlaf erwacht sind und in den Morgen hineinblinzeln. Und am folgenden Tage waren sie in voller Schönheit aufgeblüht - nur die einsame Schwester blieb verschlossen wie zuvor und trug Schmerzen übergenug.

Dann kam ein Tag, an welchem der alte Mann wieder vor dem Rosenstock stand, wie er gesagt hatte, als noch Winter war.

»Freue dich! Ich bin gekommen, dich aus den Schmerzen zu heben.«

So sprach er und rührte die arme Knospe leise an, daß sie wie ihre Schwestern sich auftat und Rose ward, schön wie sie.

»Wenn die Nacht kommt und du zu der Stätte deiner Sehnsucht wanderst, laß es ohne Klage geschehen. Du wirst die Tür offen finden, denn ich habe des Lasters Bann von der Schwelle genommen. Wenn du an das Lager deines Freundes trittst, neige deine Stimme in seinen Schlaf und sage ihm, daß er im Morgengrauen aufstehe und zu dem Rosenstock gehe, an dem sieben Rosen im Tau stünden, und daß er die rechte breche, ehe die Sonne den Tau von den Blättern getrunken hat - so wird ihm werden, nach was er verlangt...«

Und wieder hob er die Hände wie zum Segen auf und ging seines Weges.

Als die Nacht kam, trat Elin zur Tür des Hauses, und als sie die Klinke berührte, öffnete sich die Tür, daß sie in die Kammer trat, in der Ingvar im Schlummer lag. Mild floß das Mondlicht zum Fenster herein und in das

Gesicht des Jünglings. Mit einem seligen Lächeln neigte Elin das ihre in seinen Schlaf.

»Ingvar«, flüsterte sie kaum vernehmbar, »mein Ingvar, daß ich dich sehen darf, ist Glück genug. Wüßtest Du, mit welchem Weh ich diesen Augenblick herbeigesehnt habe - denn meine Seele ist krank ohne dich und ist doch der deinen innig verbunden geblieben durch alles Leid und über alle Grenzen hin. O bittersüßes Glück! Der alte Mann war barmherzig, daß er mir diese Stunde gab. O mein Geliebter, daß du deinen Mund auftätest und zu mir redetest. Ich habe Durst und Verlangen nach dir wie ein verdürstend Tier nach der Quelle.«

Und dann sprach sie ihm die Worte des Alten, daß er käme sie heimzuholen, erlöst von dem Zauber des Bösen. Sie sah dabei nicht das Weib im Winkel hocken, das mit gelben Augen jeder ihrer Gebärden folgte.

Lange stand Elin so und blickte Ingvar unverwandt an, ihre große Liebe in sein Herz verströmend. Er wußte es nicht und träumte davon.

Als der erste lichte Streif über den Horizont stieg, beugte sie sich noch einmal tief in das Gesicht des Schlafenden hinein und berührte unsagbar sanft mit ihrem Mund den seinen. Dann ging sie leise hinaus und ward wieder zur Rose draußen im Felde am einsamen Strauch.

Zugleich aber schlich sich das Weib aus der Kammer, und während es ging, ließ es Samenkorn um Samenkorn aus den Fingern gleiten. Da wuchsen tausend Rosenstöcke empor, ein jeder mit sieben Rosen im Gezweig ...

Indessen fiel der Schlaf von Ingvars Augen. Er richtete sich jäh auf und suchte, von was er geträumt hatte, wie er der Worte denken mußte, die so klar in ihm waren, als hätte er nicht geschlafen. Vor der Tür des Hauses fand er zum ersten Mal keine Perlen liegen, daß ihm ein Wundern kam. Dann aber eilte er die Straße hin, um zu tun, wie ihm die Worte der Nacht im Herzen brannten. Doch wie erschrak er, als er die tausend Rosenstökke sah, mit je sieben aufgeblühten Rosen daran. Wie er auch suchte, den rechten Strauch zu finden, so war doch einer wie der andere, daß er hilflos stand und bis ins Herz hinein fror. Über den Horizont hob sich indessen der erste Sonnenstrahl und griff nach den siebentausend Rosen, den Tau von den Blättern zu trinken.

Da rührte eine Hand an die Schulter des Jünglings, und wie er seine Augen aufhob, in denen die Angst brannte, blickte er in das Gesicht des alten Mannes.

»Wer bist du? Ich sah dich nie«, sprach er mit zuckendem Munde zu ihm.

»Kennst du mich nicht?«, fragte der. »Immer gehe ich die gleichen Straßen im Überall, aber die Menschen sehen mich zumeist nur, wenn die Not nach ihnen greift. Ich kenne ein jedes, ich weiß auch dein Leid. Wolltest du stets den Weg gehen, in den die Zeichen meines Schrittes eingeprägt sind, ich wollte dir helfen, zu finden, was du so suchst.«

»Welches ist der Weg, in den deine Füße eingeschrieben sind?«, fragte Ingvar traurig und hoffend zugleich.

Da antwortet ihm der alte Mann: »Es ist der Weg, der durch Schmerzen führt, durch Geduld, Entsagen und Trübsal, doch an dessen Ende dich die tiefste und reinste Freude empfängt.«

Noch ehe Ingvar die Worte recht begriff, faßte eine zweite Hand nach ihm, und er sah ein Weib zu seiner linken stehen.

»Du wirst doch nicht dem törichten Alten folgen?«, sprach sie mit einem lauernden Licht in den gelben Augen. »Willst du dein Leben lang durch Schmerzen wandern, wie er sagte? Siehe, ich habe Besseres für dich! Ich helfe dir, wenn du immer meinen Weg gehst.«

»Welches ist dein Weg, Weib?«

»Was fragst du danach? Ist es nicht genug, daß er ohne Schmerzen ist? Was glaubst du, wie solch eine Straße voll Lust und eitel Freude endet?«

Unschlüssig sah Ingvar das Weib an, und als er sich dann nach der anderen Seite wandte, war der alte Mann schon davon gegangen. Er wollte ihm nacheilen, aber das Weib hielt ihn am Mantel zurück.

»Du Tor!«, lachte sie. »Laß ihn gehen! Siehst du nicht, wie die Sonne den Tau von den Rosen trinkt? Bald ist es zu spät, sie zu brechen. Da, nimm! Der nächste Strauch schon trägt, was du suchst.«

Ingvar faßte nach der Blüte, die sie ihm nannte, und als er sie brach, stand Elin vor ihm, daß er jauchzend die Arme zu ihr aufhob. Doch wie erstarrt hingen diese in der Luft, denn die Augen des Mädchens erschreckten ihn. Er sah wie durch eine gläserne Maske, hinter der das Fremde verborgen war mit gelben Augen - wie bei dem Weib an seiner Seite.

»Das ist nicht Elin!«, rief er. »Das ist ein Trugbild! Warum tust du mir das?«

»Nun«, sagte dass Weib, »so versuch es mit der anderen.«

Aber als er das tat, geschah das gleiche wie zuvor. Und er brach in Angst eine um die andre. Eine jede trug Elins Gestalt und Gesicht - und doch war keine von ihnen Elin. Trugbilder erstanden vor seinen Augen, hinter denen die Töchter des Weibes, das Laster hieß, verborgen waren.

Da schlug Ingvar die Hände vor sein Gesicht und weinte bitterlich - wie ein verirrtes Kind.

Dann gedachte er des alten Mannes. Er riß sich von dem Weibe los, das ihn zurückhalten wollte, und lief, den Alten noch zu erreichen.

Schon war die Sonne über den Wald gestiegen und schlürfte den Tau von den Blättern und Blumen. Ingvar aber kam an die Wegscheide, wo er ratlos stand und nicht wußte, welchen Pfad er gehen sollte.

»Was stehst du und weißt nicht, wo du hin sollst?«, fragte da irgendwer, und als er sich der Stimme zuwandte, sah er einen Mann am Wege sitzen.

»Sahst du den Greis vorüberkommen?«, fragte er ihn. »Sage mir, wohin er ging, wenn du es weißt.«

»Doch sah ich ihn«, antwortete der Fremde, »aber umsonst sage ich dir nicht, welchen Weg du einschlagen mußt, ihn zu finden.«

»Was verlangst du dafür, sprich! Denn ich muß zu ihm...«

Da lachte der Fremde mit Hohn, denn er war eines der Kinder des Lasters und wußte um alles.

»Gib mir zehnmal tausend Perlen dafür, wenn du es kannst, dann will ich dir den Weg nicht verschweigen.«

»Ich will sie dir geben, wenn ich zurückkomme, aber nenne mir erst den Weg, daß ich gehe, ehe es zu spät ist.«

»Das wäre ein unsicheres Geschäft«, spottete der andere. »Erst die Perlen, dann den Weg!«

Da hastete Ingvar flatternden Herzens zu seiner Hütte und holte die Perlen, die er Morgen um Morgen vor seiner Tür aufgelesen hatte.

»Nimm sie und sprich!«, rief er dem Fremden zu. »Sieh, wie hoch die Sonne schon über der Erde steht!«

Der Fremde hatte nie geglaubt, daß der Jüngling so viele kostbare Perlen besäße, und sah ihn nun mit scheelen Augen an. Weil er aber Habsucht hieß, verriet er um den Besitz derselben den Weg, wenn es auch zu seinem, seiner Mutter, Schwestern und Brüder Schaden geschähe.

»Zähle mir sie eine um die andere in die Hand!«, forderte er mit heiserer Stimme.

Und Ingvar, dem es um die verlorene Zeit Angst war, zählte stöhnend die Perlen in des Mannes gierige Finger. Zehnmal tausend Perlen waren es. Dann wußte er den Weg und eilte dem Alten nach ...

Auf einem Wegstein ruhend fand er ihn. »Hilf mir!«, flehte er ihn an. »Hilf mir, den rechten Rosenstock zu finden!«

»So spät kommst du, Freund? Fast glaubte ich, du kämest nicht mehr. Aber ich will dich noch hinführen, wenn du den Weg der Schmerzen nicht scheust.«

»Ja!«, rief Ingvar, »ja, ich will ihn gehen, denn keiner kann mir helfen, wenn du es nicht tust.«

Und der alte Mann ging mit ihm die Straße zurück zu den tausend Rosenstöcken. Vor einem mitten unter ihnen blieb er stehen und wies darauf hin:

»Das ist der rechte. Siehe nun, ob du unter den sieben Rosen jene findest, die du suchst.«

Da stand Ingvar davor und sah eine um die andere an. Kaum war noch Tau auf ihnen, denn die Sonne stand schon allzu hoch am Himmel.

»Ich weiß sie nicht zu finden, Herr, wenn du mir nicht hilfst«, klagte er. Der Alte lächelte.

»Hast du nicht Perlen genug vor deiner Tür gefunden? Das waren die Tränen, die die Liebe um dich vergossen hat. Lege auf jede Rose eine davon! Müßte die Perle auf der rechten nicht wieder zur Träne werden und zugleich zum kostbarsten Tau - dem Tau der Seele? Siehe, keine trägt mehr den Tau der Nacht, wie ihn die Rose, die du suchst, nie trug, weil sie ja zur Nacht als Mensch vor deiner Türe saß. Tue, wie ich dir sagte!«

Da sah Ingvar, daß die Sonne inzwischen jeden Tropfen von den Blättern fort genommen hatte, und er erschrak gar sehr.

»Ich gab die Perlen hin, um dich zu finden, Herr. Wie kann mir noch geholfen werden?«

»Suche, so wirst du finden!«, antwortete ihm der alte Mann.

Und Ingvar suchte bangend in seinen Kleidern nach etwa noch verborgenen Perlen. Da war es, daß er eine um die andere darin fand und mit vor Erwartung zitternden Fingern zu den Rosen tat. Aber keine wurde zur Träne - auch die fünfte nicht und nicht die sechste. Solange er noch suchte, die siebente Perle fand er nicht mehr...

Da wurde ihm bewußt, daß er für die siebente Rose, die die rechte war, keine mehr übrig hatte, daß Tau daraus würde, Elin zu erlösen. Entsetzt griff er mit den Händen zum Herzen und wandte sich Hilfe suchend zum Alten hin. Doch der war plötzlich verschwunden, als hätte Ingvar nur von ihm geträumt und wäre nun in Armut erwacht. Wie auch seine Augen suchten und irrten und sein Herz gleich den Flügen eines Falters schlug - er fand ihn so wenig, wie er die siebente Perle fand. Da trieb ihm die Herzensnot die Tränen in die Augen, und weinend beugte er sich über die siebente Rose, sie mit zuckender Lippe anzurühren. Dabei aber löste sich eine Träne von seinen Wimpern und fiel mitten in die Blüte hinein, daß sie der Sonne leuchtendes Gesicht wiederspiegelte wie ein klares Wasser.

Er begriff jäh das Wunder, daß sich ihm auftat wie eine lang verschlossene Tür zum Glück - denn die Rose stand nun im Tau. Jauchzend hob er seine Hände danach auf, sie liebend zu umfassen und zu brechen...

»Was willst du tun, du Tor?«, rief da eine Stimme ihm zu, die ihn gar grausam aus seiner Freude riß, und er erblickte das Weib von vorher.

»Was willst du von mir?«, fragte Ingvar erregt. »Warum willst du mich hindern, das zu tun? Hast du mich nicht schon einmal betrogen und willst mich wieder irreführen? Was habe ich von dir schon zu erwarten, Weib?«

Da neigte sie ihr Gesicht nahe zu seinem hin und sah ihn mit ihren gelben Augen lauernd an.

»Weißt du denn nicht, daß die Blumen welken müssen, wenn man sie von den Zweigen bricht? Du wirst sie töten. Tue es nicht!«

Durch die Worte des Weibes kam die Furcht über Ingvar, daß er zögerte zu tun, wie ihm der alte Mann gesagt hatte. Er wollte irre werden an den Worten der Nacht, und Zweifel wurden in seinem Herzen wach.

»Was sagst du mir das, daß ich nicht ein noch aus weiß. Geh! Ich sollte dir doch nicht glauben. Warum läßt du mich irre werden im Vertrauen auf den alten Mann. Er tat mir kein Unrecht, seit ich ihn kenne, aber du, was hast du mir angetan, daß ich fast im Argen verzweifelte. Geh! Geh, sag ich dir! Ich will dich nicht hören, denn du bist böse - und böse von Anfang an.«

Und als er so sprach, neigte sich die siebente Rose mit der Träne in ihrem Kelch bis zu seinen Händen, als bewegte ein Unsichtbarer den Zweig, der sie trug. Da schwand alle Furcht und alles Irresein aus Ingvars Herzen, daß er gläubig die Rose brach.

Im gleichen Augenblick stand Elin vor ihm, so, wie sie einander einst begegneten. Ihre Augen leuchteten wie damals und redeten die Sprache der tiefsten Liebe, in der die Sterne wandeln und der Himmel segenvoll blaut.

»Komm, Elin! Laß uns den Spuren des alten Mannes folgen, der uns barmherzig war und sich voller Güte zu uns neigte. Laß uns seinen Weg der Schmerzen gehen, um zur tiefsten Freude zu finden. Laß uns vereint gehen und Hand in Hand ihm folgen durch Leben und Ewigkeit.«

»Ja, mein Ingvar, laß uns gehen.«

Und wie Eines schritten sie hin mit ihrer großen Liebe und gingen den Weg des Guten. Trotz aller Schmerzen, aller Nöte ihrer Wanderung hatten sie lichte Augen und trugen die Freude. Und die Kinder, die aus ihrer Liebe wuchsen, taten wie sie und machten die Welt schön und gut.

Das Laster aber saß mit gelben Augen samt ihren Töchtern und Söhnen vergessen am Wege der Lust - und sie schämten sich ihres Daseins...

Das Grab einer Mutter

Auf einem kleinen, alten Friedhof hinter den Häusern der Stadt ward ein neues Grab gegraben, und man hatte eine Mutter hineingelegt samt ihrem Kummer, samt ihrem Hoffen und Gebet. Einsam lag das Grab schon seit Tagen unter einem alten Rosenstock, dessen Blüten längst abgefallen waren, denn das Jahr neigte sich schon seinem Ende zu.

Nacht um Nacht stand die Mutter von ihrem kühlen Lager auf und saß auf dem Hügel unter dem Sternenhimmel, in den sie ihre bangen Fragen hineinsann, denn die Sorge um ihren Sohn, der nicht mehr zu ihren schweigenden Füßen fand, ließ sie keinen Schlaf finden. Und es regneten viele Tränen in das Gras, das an jedem Morgen im Tau stand. Einmal aber fiel eine der Tränen auf den Zweig vom Rosenstock, der bis zu ihrem Herzen hing, und fiel auf eine der schlummernden Knospen, daß diese aufsprang und eine Rose erblühte. Das war die schönste, die der Strauch je getragen hatte.

Die Rose nun hörte die Klage der Mutter, deren jede Träne sprach: »Mein Kind, wo mag es gehn? Wo mag es gehn?«, und sie wurde vor Mitleid gar traurig.

Der Wind, der am Morgen über die Mauer kam und staunend vor dem Rosenstock stehen blieb, da er die späte Blüte sah und sich daran freute, bemerkte aber auch die Schwermut in ihrem Gesicht, daß er fragte:

»Was ist dir, schöne Rose? Was betrübt dich so sehr?«

»Ach«, antwortete sie, »mich jammert die Mutter, die in dem Grabe nicht Ruhe findet, weil sie um ihr Kind Sorge trägt und immer fragt: ›Wo mag es gehn? Wo mag es gehn?‹ Das geht mir so zu Herzen. Ich möchte es ihr gerne sagen, daß sie es weiß und sich daran freut, aber ich weiß es so wenig wie sie und kann sie nicht trösten. Wenn du gingest und sähest, welche Wege ihr Sohn wandelt, ich wäre dir dankbar, lieber Wind, denn dann könnte ich ihr das sagen...«

»Ja«, antwortete der Wind, »ich will ihn suchen und dir sagen, was ich sah.«

Und leise küßte er die Rose und eilte über die Mauer des stillen Gartens davon.

Vor Abend kam er den Weg zurück. Aber er war nicht froh, als er zum Rosenstock trat und die Blüte leise anrührte.

»Was ich sah, hat mich sehr betrübt«, sprach er leise, »und du kannst es der armen Frau nicht erzählen, denn sie fände mehr Weh im Wissen als im Fragen.«

Da seufzte sie schmerzlich, während der Wind hinter der Mauer müde in den Schlaf sank.

Am anderen Morgen, noch ehe die Sonne aus ihrer Kammer kam, war er schon auf und strich der Rose sanft über das Gesicht:

»Hast du gar keine Freude mehr, liebes Kind?«

»Denke dir«, antwortete sie traurig, »wieder weinte sie die lange Nacht hindurch, und jede ihrer Tränen klagte: ›An was mag er denken? An was mag er denken?‹ - Könnte ich ihr doch ein einzig gutes Wort darüber sagen, daß sie froh wird und still - aber ich weiß doch keines.«

»Ich will wieder gehen und sehen, daß ich seine Gedanken erfahre - vielleicht, daß ihn ein Gutes bewegt.

Leb wohl, liebe Rose! Am Abend bin ich zurück und will dir sagen, was ich vernahm.«

Und wieder war der Wind vor Abend zurück und brachte kein besseres Wort, denn die Gedanken des Sohnes gingen gar sehr im Dunkeln.

»Nein«, sprachen sie beide, »das können wir der Mutter nicht sagen.«

Und als in der Nacht darauf die Mutter in die Leere hinausweinte: ›Was mag er tun? Was mag er tun?‹, ward die Rose trauriger denn je, daß es dem Wind gar nahe ging.

»Ich will es erfahren. Eines müßte doch wohl gut sein - vielleicht können wir die Mutter damit erfreuen.«

Am Abend aber ward ihm leid um das, was er an Wissen heimbrachte, darüber beide stumm in die Dämmerung hineinsannen.

An diesem Abend aber ging, wie manches Mal in jedem Jahr, Maria, die Mutter der Mütter, über das Feld, um die endlose Liebe ihres Kindes heimlich auszustreuen und jegliches zu segnen. Und als sie so zwischen den Gräbern hinschritt und Himmelsblumen aus ihren Händen gleiten ließ, von denen sie gar viele in ihrem blauen Mantel trug, streifte ihr Gewand die späte Rose, die danach faßte und sie zurückhielt und bat:

»Liebe Mutter Maria, laß mich als Mensch wandeln, als ein blinder Mensch, der am Wege steht, daß es die Vorübergehenden erbarmt.«

Und sie erzählte auch, warum sie das so wollte, und daß sie so vielleicht den Sohn der armen Mutter zum Guten zurückbrächte, darüber diese sich freue und im Grabe Ruhe fände.

Da lächelte Maria gar leise und sprach:

»Du, liebe Rose, trägst Mitleid - mehr als mancher Mensch, so daß der Vater im Himmel das Wunder nicht versagt. Geh, wandle hin als ein blinder Mensch. Doch eines mußt du wissen, liebes Kind: Nur einen Tag darfst du verweilen. Kommst du am zweiten erst zurück, so ist dein halbes Leben gelebt, und wenn am dritten du erst heimkehrst, mußt du welken über Nacht.«

Und sie segnete die Blume und schritt weiter zwischen den Gräbern hin und über die Felder, durch Gassen und Wälder, die Liebe ihres Kindes auszustreuen.

Die Rose aber ward ein Mensch, ein Mädchen, das blind am Wege saß und wartete, daß der Sohn der armen Mutter vorüberkomme.

Es währte nicht lange, und sie hörte seinen Fuß die Straße herkommen und schwieg doch, denn sie wollte wissen, ob in seinem Herzen noch das Lichtlein glühte, daß er Mitleid habe mit dem blinden Mädchen am Wege, oder ob der Brunnen schon so tief verschüttet wäre, daß kein Wässerlein mehr den Himmel auf seinem Spiegel trage. Und da er stumm vorübergehen wollte, erschrak sie zutiefst und rief: »Geh nicht vorbei! Geh nicht vorbei!«

Da blieb er stehen und fragte: »Was willst du von mir? Ich habe nicht Zeit zu verweilen!«

»Bleibe ein wenig nur, denn siehe, ich bin blind, und das Leben rauscht wie ein ferner Strom an mir vorbei, den ich wohl höre, doch nicht greifen kann. Bleibe eine kurze Weile, ich will dir eine kleine Geschichte erzählen.«

»Was hast du mir schon zu erzählen? Du hältst mich nur auf, und die Tage sind kurz. Ich möchte noch viel der Früchte sammeln und davon essen, ehe die andern sie für sich aufgelesen haben und ich darüber hungere. Erzähle, meinetwegen, aber mache nicht viele Worte, daß ich die beste Zeit dabei verliere.«

Da begann das blinde Mädchen zu erzählen:

Zwei Menschen gingen, und als sie an einen Kreuzweg kamen, nahmen sie Abschied voneinander, denn der eine wollte nach rechts und der andere nach links.

Beide Wege waren gleich lang, aber ungleich im Blick der törichten Menschen, ungleich an ihrem Ende. So schritt nun der eine zur linken Hand in die Zeit hinein. Blumen mit berauschendem Duft blühten zu seinen Füßen und verwirrten seinen Sinn. Die Bäume trugen schwer an Frucht, und sie lockten so sehr, daß seine Hände nicht müde wurden, sie von den Zweigen zu brechen und zu essen. Den goldenen Sand sammelte er gierig und füllte die Taschen damit und raffte die glitzernden Steine, die kein Ende nahmen. Aber er vergaß dabei die Augen aufzuheben, die an der Erde Lust verkettet blieben wie sein Herz, daß er nicht sah, was am Ende des Weges ihn empfing. Er achtete auch der anderen nicht, die gleich ihm diesen Weg mit brennenden Augen gingen - oder wenn er sie sah, war Neid in ihm und Angst, sie könnten reicher werden als er selbst. Er achtete nicht dessen, der unter der gesammelten Last zusammenbrach und bat: ›Hilf mir aufstehen! Nimm mir das Gold aus den Taschen, denn es ist so schwer, daß ich mir nicht mehr helfen kann!‹ Und er achtete nicht des anderen, der am Wege die Früchte erbrach, die ihn gar sehr quälten, denn es mochte ein Gift darinnen sein, und der dennoch den begehrenden Blick an die Früchte hing, die an dem nächsten der Bäume prahlten. Jeder wußte nur von sich und stieß den Bruder von seiner Seite, wenn er ihm zu nahe kam. So ging er hin und bekam nicht genug, denn wer sich einmal darin verlor, blieb blind für des Weges Ende.

Der zweite aber wanderte zur Rechten. Dort war der Sand nicht von Gold und die Steine blitzen und glimmten nicht. Der Früchte waren nicht allzu viele, nur daß er den Hunger sich stillte, und der Blumen blühten wenige; aber größer war seine Freude über ein jedes, wenn einmal sein Auge es traf. Und selbst wenn einmal ein Stück der Fülle kam, es nahm ihm den Blick nicht von dem warmen Licht, das - mehr geahnt - ferne, ferne am Ende des Weges leuchtend stand. Er scheute keine Mühe und achtete der Schmerzen nicht. Und wenn eines neben ihm müde ward, nahm er es bei der Hand und mit sich oder hob es vom Weg auf und legte die Hände lindernd auf die Wunden, daß sie sich schließen mußten. Er brach das Brot mit seinen Brüdern.

So kam er an das Ende des Weges. Da standen die Türen eines goldenen Hauses offen. Unsagbar sanft regneten Blüten in seine Hände und wurden zu den kostbarsten Perlen. In kristallenen Schalen duftete der Wein und lagen herrliche Früchte, wie sie kein Baum der Erde trägt, um das festlichste Mahl zu begehen.

Doch ehe er die Schwelle überschritt, fiel sein Blick hinüber über den breiten Strom, der ein Ufer vom anderen schied, und keine Brücke führte von einem Land zum andern. Da sah er den Bruder mit kranken Augen herübersehen. Auch er stand vor offenen Toren, dahinter aber kein Haus war - nur eine grausame Leere. Dort regneten keine Blüten ins Haar und in die Hände, daß kostbare Perlen daraus würden. Dort war kein festliches Mahl bereitet. Kein Klang tat dem Herzen wohl; es weinte nicht einmal ein Wind durch das leere Land - das Land ohne Einkehr. So stand der Bruder mit kranken Augen, sah zu ihm herüber, sah wieder in seine leeren Hände und erzitterte vor dem Nichts, das von dem Reichtum des Weges geblieben. Die glitzernden Steine, den goldenen Sand riß er aus den Taschen und warf ihn von sich, denn sie waren zu wertlosem Tand geworden. Er hatte es versäumt, zur rechten Zeit aufzuwachen, den Blick von der Erde zu erheben und zu sehen, was ihn erwarte. Nun hungerte ihn, und er wurde nie mehr satt; es dürstete ihn, aber keines reichte ihm die Schale. Er fror, aber keine Sonne ging auf und wärmte ihn. Er war müde und fand nichts, sein Haupt darauf zu legen. So sah er mit sehnsüchtigen Augen zum fernen goldenen Haus über dem Strom, in dem der Bruder Einkehr hielt.«

Da das Mädchen zu Ende war mit ihrer Erzählung, sah er eine Weile stumm vor sich hin. Es war in der Geschichte irgendeines, das ihm bekannt schien und ihn anrührte, aber ihm wurde der Sinn nicht klar; zu tief war der Brunnen seines Herzens verschüttet.

»Was erzählst du mir das?«, fragte er rauh. »Ich weiß nicht, zu was es gut ist. Sieh, so versäumte ich meinen Weg zu gehen, darüber ich heute nichts gewann, denn es will schon Abend werden.«

Und er ging sinnend zurück in die Stadt.

Das blinde Mädchen am Wege aber sah, daß sie den Jüngling noch nicht geheilt hatte und daß er am nächsten Tag wieder den unrechten Weg gehen würde, wenn sie nicht bliebe, ihn zurückzuhalten.

»Ach«, sprach sie zu sich, »so will ich warten bis an den Morgen; wenn ich auch die Hälfte meines Lebens darüber verliere, so soll doch die Mutter zur Ruhe kommen.«

Und sie blieb und wartete des anderen Tages.

Und wieder kam der Jüngling und sah das Mädchen wie am Tage vorher. Er blieb stehen und sprach zu ihr: »Ich habe deiner Geschichte von gestern gedacht. Sie dünkt mich sehr schön, aber ich bin nicht klar darüber geworden, warum du sie mir erzählt hast - und doch erscheint es mir, als hätte sie mit mir zu tun. Ich will manchmal den Worten nachdenken.«

Doch wie er dann weitergehen wollte, bat das Mädchen:

»Bleibe noch eine Weile bei mir, ich bitte dich. Ich bin in meiner Einsamkeit froh geworden, daß ich mit dir sprechen konnte.«

»Was glaubst du denn? Wenn ich wieder bliebe, versäumte ich diesen Tag wie den gestrigen. Ich trage Sehnsucht nach den Früchten, die gar köstlich sind, und mich hungert danach - und denke der Schätze, die ich darüber verliere.«

Da antwortete das Mädchen:

»Weißt du denn, ob du nicht mehr gewönnest, wenn du bei mir bliebest? Ich will dir noch eine Geschichte erzählen, die ist mehr wert als die lockenden Früchte und blitzenden Steine, die dich nicht reich, aber vielleicht ärmer machen, als du glaubst.«

»Ach, was weißt du davon! Du bist blind und kannst die Schönheit nicht ermessen, weil sie nicht in deine Augen findet.«

»Wer sagt, daß ich das nicht kann? Wer blind ist, sieht die Schönheit, wie sie in Wahrheit ist. Es täuschen die Augen ihn nicht, und das Herz erlauscht ihren geheimsten Klang - darin erst liegt ihr Wert verborgen. Im Dunkel erst begreift man das Licht. Willst du nun hören die kurze Geschichte, die ich weiß?«

»Nun, meinetwegen! Aber eile dich, daß nicht der Abend darüber kommt und ich wieder hungrig und arm nach Hause gehen muß.«

Da erzählte das Mädchen:

Es waren zwei Menschen, die sannen in ihre Zeit; ein jeder trug seine Gedanken heimlich für sich. Und des einen Gedanken waren wie das Unkraut auf den Feldern und erstickten das edlere Reis. In jedem lag ein Bild, das gar sehr zu locken verstand, wie alles, was böse ist - denn jedes Bild in ihm war böse. Bald kam er nicht mehr davon los, daß er nach und nach kein Gutes mehr in sich trug. Und das Böse war ein gar grausamer Bildhauer, denn es meißelte die Gedanken in das Gesicht hinein, Zug um Zug, daß es so häßlich ward wie sie und aussah wie ein verwüstetes Ackerland, das vor Unkraut keine Frucht mehr gebar.

Der andere aber trug die Gestirne in seinen Gedanken, voll Ruhe und reinem Sinnen. Sie waren wie das Abendlicht über dem Meer, und jedes Bild darin hatte das Antlitz eines Engels. Wollte irgendein Fremdes in sie hineinbrechen, dann fand er das Wort, das ihm half: ›Vater unser, hilf mir... und führe uns nicht in Versuchung, sondern erlöse uns von dem Übel...‹ So fand das Böse keinen Eingang. Er wurde übervoll von gutem Licht, daß dem Dunkel kein Raum blieb. Alles Unkraut riß er aus, und das edle Reis wuchs und wuchs bis in die Höhen der ewigen Klarheit. Welch ein guter Bildhauer verstand sein Antlitz in Schönheit zu formen? Jeder, der hineinsah, ward von seinem Glanz gesegnet.

Da sprach der erste zu ihm: ›Ich habe Durst. Laß uns zum Brunnen gehen und Wasser trinken!‹

Und sie gingen zum Brunnen. Das Wasser des Brunnens ergoß sich in zwei steinerne Schalen, und jeder von ihnen neigte sich über eine davon, um den Durst zu löschen. Da sah jeder wie in einem Spiegel sich selber ins Gesicht, und beide erschraken. Doch ihr Schreck war nicht der gleiche: Der mit den bösen Gedanken hatte Entsetzen in den Augen, der mit den guten Gedanken aber freudige Überraschung. Dieser sah die Verklärung darin und den Himmel wie auf dem Spiegel des Wassers ruhen - jener aber blickte in sternloses Dunkel, daß er erzitterte aus Furcht vor dem Abgrund, von dem er nicht wußte, welchem seiner Schritte er sich auftun werde. Und sie hoben ihre Gesichter auf und sahen einer den andern an, und jeder griff zum Herzen.

Voll Mitleid neigte der Gute sich dem anderen zu; voll Neid und Haß griff dieser nach ihm - und wurde zum Kain, der seinen Bruder erschlug...«

Der Jüngling hielt das Gesicht gesenkt. Unwillkürlich hatte seine Hand nach seinem Herzen gegriffen, wie es die beiden Menschen in der Geschichte des Mädchens taten. Dann aber sprach er:

»Eine gute Geschichte hast du mir erzählt, daß man gar still werden muß. Ich werde sie nicht vergessen und darüber nachdenken...«

Und da er schwieg, fragte das Mädchen: »Wo willst du nun hingehen?«

»Ich will nach Hause gehen«, antwortete er leise und wie abwesend, »ich will nach Hause gehen, denn ich habe heut nicht mehr Lust, Früchte und Gold zu sammeln - nein, ich habe keine Lust mehr dazu... Ich kann es ja morgen tun.«

Und er wandte sich um und ging schweigend zur Stadt zurück. Das Mädchen aber lauschte ihm nach und trug ein gar feines Lächeln um den Mund, während sie zu sich selber sprach:

»Ich werde doch noch einen Tag bleiben müssen, daß ich ihm auch noch die dritte Geschichte erzähle und ihn ganz gewinne. Was soll mein Leben, hätte ich nur begonnen, ohne zu vollenden? Mag es welken, wenn nur die arme Mutter glücklich ist. Müßte ich Nacht um Nacht ihrem Tränenlied lauschen und wüßte, daß ich ihr hätte helfen können, wenn ich nur gewollt, mein Leben wäre nichts wert. So aber soll mein Sterben noch ein helles Lichtlein sein, soll noch ein jedes welke Blatt vom Kuß der Freude gesegnet sein...« Und sie blieb und erwartete den anderen Tag.

Als die Sonne schon hoch im Morgen stand, kam der Jüngling wieder des Weges her; und als er das Mädchen sah, setzte er sich zu ihr und sprach:

»Du erzählst so schön; ich habe immer daran denken müssen. Weißt du noch eine solche Geschichte? Ehe ich weitergehe, hörte ich dir gerne ein wenig zu, wenn du erzählen wolltest. Fast hungert mich mehr nach deinen Worten als nach den süßen Früchten. Willst du mir noch eine deiner Geschichten erzählen?«

»O ja«, antwortete sie und war im tiefsten Herzen froh. »Gerne will ich es tun! So höre zu:

Zwei Mütter gruben und gruben, sammelten Steine und Holz und legten alles bereit für den Tag, da ein Haus daraus würde - denn mit dem Werkzeug, das die Mütter sammeln, bauen die Kinder Häuser, und in den Häusern, die die Kinder bauen, ruhen die Mütter von all ihrem Kummer und ihrer Liebe aus.

Zwei Jünglinge, die Söhne dieser Mütter, begannen also zu bauen. Der eine scheute die Mühe nicht, begann mit Gott den Tag und fügte das Fundament gar fest in die Grube hinein, die ihm die Mutter bereitet hatte ihr Leben lang. Er setzte Stein auf Stein und verband jeden mit gutem Mörtel. Er legte sorglich Holz an Holz und schuf ein Dach, das wie ein freundliches Gesicht in den Himmel sah, darüber die Sterne wie ewige Lampen leuchteten und Mond und Sonne wanderten wie segnende Gottesgedanken. Jedem, der ihm bei seiner Arbeit half, reichte er Brot und Lohn nach seinem Verdienst und wachte, daß keinem ein Schaden geschehe - wie ein Freund zum Freunde und ein Bruder zum Bruder. So wuchs das Haus über dem Land, wie ein Baum sich dem Lichte zukehrt, und es ward ein Haus der Einkehr.

Wie er vor dem fertigen Werk stand und darüber froh war, daß es ihm gut gelungen war, vergaß er dabei nicht, Gott für den Segen, der auf seinen Händen lag, zu danken. Da sah er ein Weib müde am Wege sitzen, und da er zu ihm trat, erkannte er seine alte Mutter. Er hob sie auf und trug sie wie das köstlichste Gut über die Schwelle dieses Hauses, darinnen sie geborgen war in alle Ewigkeit hinein...

So auch begann der andere zu bauen, aber die Arbeit schmeckte ihm wie saurer Wein. Bald war er ihrer müde, daß er die Steine zerbrach und fortwarf wie das Holz und den Mörtel, und die ihm anfangs halfen, stieß er von den Gerüsten, daß sie zu Tode stürzten. Als er aber vor den Trümmern stand, klagte er Gott und die Welt an, daß man ihm Unrecht zugefügt habe. Auch er sah ein müdes Weib am Wege sitzen; auch er erkannte seine Mutter, daß ihm das Herz vor Scham brannte. Aber der Trotz war das Größere in ihm, so daß er ihr die Schuld zumaß, sich abwandte und davonging in das Dunkel hinein. Die Mutter aber hatte nichts, um ihr Haupt zur Ruhe zu legen. So mußte sie wandern und frieren und suchen. Jeder ferne Schritt des Kindes, das sie und sich vergaß, grub seine schmerzlichen Spuren in ihr Herz, und jede davon war eine Wunde, die nicht aufhörte zu bluten. So wanderte sie und wanderte in die Ewigkeit bis zu Gottes Füßen hin, dem es um die Mutter leid war, daß er die Hand aufhob, das Urteil zu sprechen...«

Da die Geschichte zu Ende war und das Mädchen schwieg, hatte der Jüngling die Hände vor das Gesicht geschlagen und weinte. Sie hörte in das Schweigen die Tränen fallen, als fiele ein Regen, daß sie aufstand und leise über sein Haar strich:

»Komm, laß uns heimgehen.«

»Ja, laß uns heimgehen«, wiederholte er ihre Worte. »Du riefst mich zur rechten Zeit, sonst hätte ich nicht mehr heimgefunden.«

Und sie gingen miteinander der Stadt zu, während die Sonne schon in den Abend hineinsank.

»Wo wohnst du? Wohin darf ich dich führen?«, unterbrach er ihr Schweigen. Und sie antwortete:

»Dorthin, wohin auch du gehst, denn ich wohne in demselben Ort wie du.«

»Ach, und ich sah dich vorher nie.«

»Aber ich wußte von dir; ich sah dich oft am Grabe deiner Mutter vorbeigehen, als wüßtest du nicht, daß es deine Mutter ist, die darunter liegt.«

»Ach«, seufzte der Jüngling, »was versäumte ich nicht alles ...«

Dann kamen sie zum Friedhof und zum Grab der Mutter. Hier sank er in die Knie und schlang die Arme um den ärmlichen Hügel.

»Mutter! Mutter! Zerbrach ich die Steine zu deinem Hause, daß du darum in der Irre gehen mußtest und keine Ruhe finden konntest? Vergib mir! Ich will nun eines aufrichten, das soll mitten in meinem Herzen stehen. Gott wird mir barmherzig sein und die Kraft geben, daß es mir wohl gelinge. Dort sollst du ruhen...«

Der Mutter fiel jede Träne ihres Kindes wie ausgereifter Wein in ihre Klage, und jedes Wort war wie der Wind, der in den Abendgärten zur Ruhe geht, darüber sie glücklich lächelnd bis in Gottes Hände hineinschlummerte...

Als der Jüngling sich aufrichtete und nach dem blinden Mädchen suchte, fand er es nicht. Aber an der welken Rose des Rosenstocks blieben seine Augen sinnend hängen und sahen die verblassenden Blätter wie Perlen auf den Hügel gleiten, als stünde der mitten im Frühling - und dabei war es doch schon spät an der Zeit...

Die Äolsharfe

In einer alten Eiche hing einsam schon seit Jahren eine Äolsharfe. Wenn der Wind kam und sie anrührte, begann sie wundersam zu singen - schon beim leisesten Hauch tat sie das. Doch es war eine unaussprechliche Sehnsucht in dem Lied der Harfe, und jeder, der es hörte, wurde davon erfaßt, daß er selber in Sehnsucht verloren ihm nachsann.

Einmal kam ein schöner, seltener Vogel und ließ sich in dem Gezweig des Baumes nieder; und als er in die Abendröte hinein zu singen anfing, erzitterte die Harfe zutiefst, denn nie hatte sie solchen Gesang vernommen. Jeder Ton, der aus der Kehle des Vogels perlte, rann wie Himmelstau in ihre Einsamkeit, die sich auf einmal mit einem nie gekannten Glück füllte, in dem ihre Sehnsucht Erfüllung fand. Sie liebte den Vogel und wußte es noch nicht.

»Du singst sehr schön«, sprach sie zu ihm. »Mich dünkt, ich habe solches nie gehört. Ich verlor darüber den Schmerz, den ich mir nie zu deuten wußte... Ich bin sehr einsam - ach, bliebest du immer bei mir!«

»Ja, ich will bei dir bleiben, denn ich fand das Echo meines Liedes in deiner Seele so schön, wie ich es nirgends gefunden habe. Ich will bleiben, bis der Winter mich von dir scheidet.«

So sprach der Vogel und baute sein Nest ins Gezweig nahe der Harfe, denn es war Sommer und die Tage und Nächte mild.

In der darauffolgenden Nacht kam wieder einmal der Wind von den Feldern her, um sich der Harfe zu erfreuen.

»Singe, Geliebte!«, lachte er leise. »Ich war lange unterwegs und sehne mich nach deinem Lied.« Und er rührte sie an. Da sang sie gar schön - aber es war ein anderes Lied, wie es der Wind nicht kannte, daß er verwundert fragte:

»Was ist dir? So hörte ich dich nie. Der Klang ist schöner, aber fremd und ferne von mir - ferner denn je, dünkt es mich...«

»Ein Traum begegnete mir!«, jauchzte wunderlich die Harfe. »Ein Wunder gab sich mir und erfüllte mich ganz, daß ich erwachend im Glücke stand!«

»Warst du nicht glücklich, wenn ich zu dir kam?«, grollte der Wind.

»Du erfülltest mich nie, daß ich immer in Sehnsucht blieb und einsam, auch wenn du mich anrührtest. Meine Seele fandest du nie.«

Da fuhr der Wind zornig durch das Geäst. »Ich will den Traum suchen, der dich mir nahm. Ich will dein Wunder zu finden wissen!«

Und er eilte davon, noch ehe der Morgen über dem östlichen Himmel aufstieg.

Als es hell wurde, erwachte der Vogel und sprach leise: »Mir war, als hörte ich dich singen, und das war so schön, wie ich nie zu singen vermag.«

»Ja«, seufzte sie, »ich sang - und ich sang von dem Glück, daß du mir geschenkt, da du kamst und bei mir bliebest. Aber sieh, ich kann nur singen, wenn mich eines anrührt, und muß singen, ob ich will oder nicht. So bleibe ich doch nur ein Werkzeug. Du aber kannst singen, wann du willst, und mußt nicht singen, wenn ein anderer es verlangt. Du bist reich und ich arm.«

»Ich verstehe dich nicht. Wie meinst du das?«, fragte verwundert der Vogel.

»Sieh«, klagte die Harfe, »der Wind kam zur Nacht. Wäre er nicht gekommen und hätte mich nach seinem Willen bewegt, ich wäre stumm geblieben. Ach, käme er nie mehr und rührtest nur du mich an und machtest mich singend.«

»Was bist du traurig, Liebe? Auch ich kann nicht immer singen. Auch mir muß eines ans Herz greifen, daß ich Klang werde - sei es die Freude, sei es der Schmerz oder irgendein anderes. So will ich dir nun Freude und Schmerz sein, der nach deinem Herzen greift.«

Und er hob seine Schwingen und senkte sie, daß die Harfe zutiefst erzitterte und wundersam klang, wie nie zuvor. Und sie sangen beide den goldenen Sommer hindurch und trugen an Glück über genug.

Dann und wann kam wohl der Wind, aber er verstand die Harfe nicht mehr, daß er sie zornig verließ, suchend nach dem Traum und dem Wunder, das er nicht begriff. Darüber ging der Sommer vorbei und starb in den kühlen Nächten des Herbstes; und der Vogel bereitete sich zur Reise, um dem Winter zu entgehen.

»Ich muß dich nun verlassen«, sagte er traurig, »meine Zeit ist um. Ich muß dich den Winter über allein lassen, so schwer es mir wird, ohne dich zu sein, denn die kalte Zeit würde mich umbringen.«

Da wurde die Äolsharfe gar traurig.

»Ach, könnte ich mit dir eilen, daß uns nichts voneinander scheide!«

»Wenn die ersten Blumen aus den dürren Gräsern brechen, will ich zurückkehren. Freuen wir uns der blühenden Zeit und des goldenen Sommers, der uns wieder vereinen wird!«

Und noch einmal rührte er sie an. Noch einmal sangen sie beide vom Glück - und ihr Abschiedslied, darüber die Blätter und Gräser und alles Getier sich in die Dämmerung neigten und zu weinen begannen. Dann aber flog der Vogel in die sinkende Sonne hinein, während die Harfe verstummt in der Einsamkeit fröstelte.

Am nächsten Morgen kam der Wind, wie so oft, über die Felder. Da war wieder ein neuer Klang in der Harfe, der ihn erschreckte.

»Was ist dir und was bewegt dich so sehr? Jeder Ton ist wie eine Träne... Diese Klage habe ich von dir nie vernommen. Willst du mir sagen, woher sie kommt? Vielleicht kann ich sie still machen. Ich möchte dir gerne ein Gutes tun.«

»Du kannst mir die Klage nicht stillen; du bringst mir das Glück nicht zurück. Seit der Vogel mich verließ, bin ich einsamer denn je; denn ich liebe ihn, wie ich solche Liebe nie gekannt habe...«

Da wußte der Wind den Traum und das Wunder, das er immer vergeblich gesucht, und ein wilder Haß überfiel ihn jäh.

»Ich will ihm nacheilen, daß deine Klage gestillt werde!«, schrie er und warf sich grimmig aus dem Wipfel in die Ferne.

Er fuhr über die Wiesen hin, daß die Gräser wehten wie das schüttere Haar an den Schläfen eines Greises. Kühl war er, daß die Zweige erschauerten und die verwelkten Blätter fallen ließen, die ihm erschrocken nachtanzten, um müde zur Erde zu sinken.

Durch die Täler heulte er und um die Hütten, riß an den Dächern und Fensterläden und zerriß den bräutlichen Schleier der Berge, bis er weit draußen über der See den einsam ziehenden Vogel erreichte...

Bangend harrte indessen die Äolsharfe seiner Rückkehr. Sie ängstete sich um den Geliebten und hoffte zugleich, der Wind brächte ihn zu ihr zurück, ihr Klagen zu stillen...

Und wieder über den andern Tag kam er über den Hügel und warf sich lachend in das Geäst der Eiche.

»Singe, meine Harfe!«, rief er. »Deiner Not ist ein Ende gemacht!«

»Was hast du getan?«, klagte sie. »Fandest du ihn, nach dem ich mich in Sehnsucht und Liebe verzehre?«

»Ob ich ihn fand?«, höhnte der Wind. »Ich brachte ihm deinen Gruß, zerbrach ihm die Schwingen und warf ihn in die Wellen! Er wird nie mehr fortfliegen und singt in der See sein lockendes Lied. Du aber singe, Harfe! Und singe für mich!«

Und er faßte wild nach ihr, daß sie im Leid aufschrie, sich aus dem Gezweig löste und auf der Erde zerbrach. Der Wind neigte sich erschrocken zu ihr nieder und rührte sie noch einmal leise an, aber sie blieb stumm - wie der Vogel in der Ferne verstummt war...

In manch einer stillen Sommernacht, wenn der Mond sein silbernes Licht über die Fluren verströmt und die alte Eiche wie von Silber leuchtet, klingt in ihrem Wipfel gar leise ein wundersames Lied, als ob noch immer die Äolsharfe darinnen klänge und der Vogel mit seinen Schwingen sie anrühre und sänge. Es mochte das Glück der beiden sein, das mit ihnen nicht zerbrochen war, denn ihre Seelen trugen es noch immer durch Zeit und Ewigkeit...

Gehst du vorüber, Mensch, dann neige dich dem Klang und lausche ins Gezweig. Du wirst den Traum, das Wunder der Liebe erlauschen, das in seiner Schönheit unsterblich ist...

Als die Schwäne fortgezogen

Einsam lag der See. Kaum ein Wind, der die Wasser kräuselte und mit dem Schilf spielte, das schon dürr und steif die Ufer säumte. Das Boot war wie eingefroren, und die Männer, die schweigend darin saßen, sannen bewegungslos in die Ferne. Sie warteten auf Jan, um mit ihm zu den großen Wäldern hinüberzufahren, den Winter über zu jagen und Pelze zu sammeln.

Jan aber nahm Abschied von Elfe, seiner Braut.

»Laß dich nicht betrüben, Elfe, laß dich nicht betrüben! Reich will ich heimkehren. Mit den Schwänen will ich kommen und dir den Brautkranz ins Haar flechten...«

»Der Winter ist lang, Jan. Der Winter macht mir Angst, wie mir noch in keinem war - die Schwäne könnten ohne dich kommen...«

Da küßte Jan dem Mädchen die Augen trocken.

»O du liebe, dumme Elfe! Wie sollt' ich nicht kommen? Ist es denn das erste Mal, daß ich scheide, wenn der Winter kommt, daß ich mit den Schwänen fortzieh? Und immer bliebst du doch froh und hofftest auf mich... Lache, Elfe, lache und sei stark! Gestern schieden die Schwäne - es ist Zeit für mich. Leb wohl! Gott behüte dich!«

»Leb wohl, mein Jan! Und Gott behüte dich - für mich...«

Dann griffen die Ruder weit aus und trugen das Boot mit Jan und den Männern über den See zu den großen, dunklen Wäldern.

Lange lauschte Elfe ihnen nach; lange stand sie verloren am Strande. In ihren Augen war die unbekannte Angst, daß sie sich über das Wasser neigte, als müsse sie heute schon das Bild der heimkehrenden, weißen Vögel suchen und unter ihnen Jans lachendes Gesicht. Aber sie fand keines. Nur ihr eigenes sah blaß zu ihr auf, umrahmt von den hoffnungslos dürren Halmen - daß sie darüber erschrak. Dann aber ging sie wie verloren in das Land, das hinter ihr im Nebel lang...

Und der Winter war lang, darüber das Mädchen oft zum Ufer kam und mit gar brennenden Augen über die weite Eisfläche hinsah bis zu dem dunklen Saum des Himmels; und sie schickte ihre Seele in die großen Wälder, Jan zu suchen, und hielt dabei ihr zitterndes Herz in den Händen.

So traf sie auch der Wanderer, der den einsamen, verschneiten Weg herkam. Sein langes Haar wehte wie Schnee über dem schwarzen Mantel, der ihn sonderlich einhüllte. Als er zu Elfe sprach, war seine Stimme wie der Klang versunkener Glocken.

»Was ist dir, Weib? Warum hältst du dein Herz wie einen gefangenen Vogel in den Händen? Auf wen wartest du, sprich?«

»Jan - Jan...«, flüsterte sie blassen Mundes und wußte wohl kaum, daß sie den Namen sprach.

Der Alte aber lächelte wunderlich.

»Ich weiß deinen Kummer, Mädchen. Noch ist die Zeit nicht da, daß die Schwäne zurückkehren. Noch ist es nicht Zeit, den Brautkranz zu richten. Aber ich will dir ein Haus bauen, eine wunderstille Hütte, ihn zu empfangen; das soll eure Wohnung sein. Blumen werden an den Wänden blühen und der Frühling seine Blüten auf das Dach streuen. Die Wolken und Schwäne werden darüber hingleiten, eines lichter als das andere, und über allem wird der Himmel sein mit Sonne, Mond und Sternen. Euer Hochzeitshaus, Mädchen. Ich will es schön in die Stille hineinbauen, wie du es magst. Dort sollt ihr immer beieinander wohnen.«

»Bist du denn ein Baumeister, daß du das kannst?«

»Ich bin einer, ja, und bin darüber alt geworden - und darf doch nicht müde sein. Für dich will ich das gerne tun, denn du dauerst mich, und ich möchte, daß du dich freust...«

Da ist ihr, als ob sie träume, und leise spricht sie:

»Und ein schönes Haus...«

»Ja, ein sehr schönes, stilles Haus...«

»Aber ich habe nichts, um dich zu bezahlen...«

»Du sollst auch nicht bezahlen. Ich will es dir ganz umsonst bauen - nur eines sollst du tun: Ich habe da eine seltene Blume, und ich liebe diese Blume... Du sollst sie mir über die Zeit meiner Arbeit hin behüten, daß sie nicht welkt und abstirbt. Jeden Tag mußt du sie mit dem Wasser aus einer reinen Quelle begießen, und ein fröhliches Herz muß ihre Sonne sein. Dann wird das Haus schön, wie du noch keines gesehen hast. Aber hüte dich, daß dein Herz nicht flattert wie ein ängstlicher Vogel und Gram trägt, wenn du die Blume pflegst - wie auch keine Träne auf sie fallen darf, denn dann muß sie verwelken, darüber das Haus wie die Blume in die Erde sinkt. Denn wisse: die Freude baut Häuser und der Gram läßt sie verfallen. Vergiß das nie! Willst du nun tun, wie ich dir sagte?«

»O ja! Gib mir die Blume. Ich will sie dir recht behüten, daß sie nicht verdirbt.«

»Und ich, Mädchen, will dir und ihm das schöne, stille Haus bauen.«

So sprechend, zog er eine wunderschöne Blume aus seinem Mantel hervor: »Nimm sie und tue gut!«

Und sie ging hin in ihre Kammer und pflegte die Blume, hielt sie wie ihr eigenes Leben. Oft wollten ihr die Tränen aus den Augen brechen, wenn sie dabei an Jan dachte, und ihr Herz begann mit den Flügeln zu schlagen, daß sie vor die Tür ging, um beim Anblick des Hauses, welches ihr der Baumeister aufrichtete, wieder froh zu werden, denn gar prächtig wuchs es über dem Land. In dem lichten Mauerwerk spiegelten sich Himmel und Erde, als wäre es gar aus Glas und man sähe hindurch. Schien die Sonne, dann war sie gleich in allen Kammern; das sah so festlich aus, als richte man schon das Hochzeitsmahl. Und wenn sie so sann, wurde ihr Herz wieder still und die Augen blank, daß sie ging und die Blume mit dem Wasser aus reiner Quelle begoß und dabei lächelte, daß auch die Sonne nicht fehle...

Darüber ging der Winter vorbei. Über eine Nacht hin fiel jäh ein milder Wind in den Schnee und das Eis barst auf dem See. Die Gräser drängten aus dem Dunkel heraus und streckten sich in den helleren Tag, wie auch an den Zweigen die Knospen drängten, sich der wärmenden Sonne anzuschmiegen und ihre Wunder aufzutun. Nun mußten bald die Schwäne kommen und in den Wassern ihr schneeiges Gefieder baden.

Da kam wieder die Angst über Elfe. Tag um Tag lief sie zum Strande und lauschte und suchte Bilder und Klang der Heimkehr, und ihr Herz flatterte dabei wie ein Grashalm im Winde.

»Vergiß nicht die Blume«, mahnte der Alte, wenn er vorüberkam, um noch das letzte am Hause zu tun. Und wenn er weiterging, schüttelte er traurig den Kopf, denn ihm war leid um das Mädchen.

Elfe aber vergaß in ihrer Angst die Blume und achtete der Tränen nicht, die darauf regneten, während die Hände zitterten wie das Herz - und die Blüte neigte sich welk zur Erde...

Da sie das sah, erschrak sie und floh aus der Kammer und hinüber zum alten Mann, der sinnend vor seinem Werk stand. Aber je näher sie ihm kam, umso tiefer versank das Haus in die Erde. Es löschte vor ihren Augen aus, wie man ein Licht ausbläst. Der Alte aber wandte sich zu ihr und sah ihr dunkel in die Augen.

»Kommst du das Haus sehen?«, fragte er.

»Wo ist es, Baumeister? Eben stand es noch hier, und nun ist es nicht mehr da - sprich doch!«

»Du hast die Blume mit Tränen begossen. Sie ist verwelkt, ich weiß, und darum auch fiel mir mein Werk aus den Händen. Nur diese Kammer blieb übrig - aber es ist die stillste. In ihr läßt es sich gut wohnen. Der Grund ruht im Unfaßbaren, und das Dach reicht bis in die Ewigkeit. Keines mehr scheidet dich und Jan von dieser Schwelle. Ist es nicht ein gutes Haus, Mädchen?«

Da rannen ihr die Tränen aus den Augen, wie sie in die Grube hineinsah, und der Sand bröckelte unter ihren Füßen in die Tiefe - und doch verstand sie die Worte des Alten nicht.

»Ach, was treibst du mit mir Spott und siehst nicht, wie groß meine Angst und mein Kummer sind! Wie kann das eine Brautkammer sein und mein Hochzeitshaus?«

»Warum hast du die Blume verderben lassen, Kind? Sie barg Jan's Leben und das deine. Warum hütetest du sie so schlecht? - Doch nun ist es Zeit, den Brautkranz zu richten! Bald kommen die Schwäne über den See. Schmücke dich, denn der Bräutigam kommt!«

Da ging sie wie in einem Traum vertan und legte ihr Brautkleid an. Der alte Mann schüttete Blumen in ihren Schoß; die waren weiß wie Schnee und kühl wie Eis - und sie kränzte ihr Haupt damit und band auch einen Kranz für Jan, um seine Stirn damit zu schmücken. Der Alte aber nahm Abschied von ihr und ging aus der Kammer nach irgendwo...

Dann auch ging Elfe aus dem Hause und hinunter zum Ufer, sank in die Knie und barg das Gesicht in ihren Händen. Und der Tag ging mählich in den Abend ein, daß die Sonne schon tief über dem dunklen Saum der fernen Wälder stand...

Ein Boot löste sich aus der aufsteigenden Dämmerung, und ferner Ruderschlag rührte an das Ohr des Mädchens - wie der Schrei der ersten heimkehrenden Schwäne, daß ihr die Hände jäh in den Schoß fielen. Sie sah das Boot näher und näher gleiten, lächelnden Mundes, erhoffend den glückhaften Ruf des Geliebten.

Doch schweigend kamen die Männer heim, und Jan war nicht unter ihnen - daß ihr das Lächeln erfror.

»Wo ist Jan?«, fragte sie, und ihre Stimme war fremd und ohne Klang. »Wo ist Jan geblieben? - Warum kommt Jan nicht?«

Da hoben sie Jan aus dem Boot und legten ihn dem Mädchen in den Schoß.

Sie schlug stumm vor Herzweh das Tuch zurück, das ihn bedeckte, und blickte in sein allzu bleiches Gesicht. Warum tasteten ihre Finger irr in die Blässe hinein und nach dem herben Mund, als suchten sie ein Wort der Liebe, das er ihr spräche - und doch nie mehr sprach? Was stürzten ihre zitternden Lippen sich so jäh auf die seinen, die nicht mehr zu zittern vermochten, und kamen nicht mehr davon los? Der unerlöste Schrei in ihr hatte das Herz zerbrochen und hatte sie umgebracht...

Da trugen die Männer Elfe und Jan in das Haus, das ihnen der Baumeister bereitet hatte, und legten eines neben das andere in die Brautkammer, daß keines mehr vom anderen ging.

Über ihnen aber rauschten die Schwingen der heimkehrenden Schwäne, die in die wie glühendes Glas
leuchtenden Wasser einfielen, daß es war, als stiegen rie-
sige Seerosen aus der Tiefe empor und wiegten sich
traumhaft auf dem rosenfarbenen Spiegel des Abend-
see's...

Wenn unwirklich ferne
Glocken läuten

Sechs Jahre waren vorbeigegangen. Sechs lange Jahre hatte Sigrid umsonst gewartet, um mit dem Mund der Glocken Hinrich an Land zu rufen, daß er käme, sie aus den Händen des starken Urse und der bösen Stiefmutter Hege zu befreien. Sechs Mal schon mußte sie hilflos sehen, wie das Boot vorübertrieb, daß ihre Arme sich wie die Zweige der Winterbäume leer in die Ferne streckten - vom Leid geschüttelt, darüber ihr Herz fast zerbrach.

Hege haßte das Geschlecht der Hinrichs - hatte doch einer von ihnen ihren Mann im Faustkampf erschlagen.

Sie wußte von der Liebe, die Sigrid um den jungen Hinrich trug und er um sie, und wie beide den Augenblick herbeisehnten, zueinander zu kommen; aber sie hatte wohl acht darauf, daß es nicht geschah.

Der starke Urse war ihr der Rechte. Ihm gehörte das große Inselland, dem er ein grausamer Herr war. Kisten und Kasten in seinem festen Hause waren mit Gold und Silberwerk gefüllt bis obenan. Aber es klebte das Blut vieler Menschen daran und barg Not und Tränen die Fülle. So fürchtete und haßte man ihn. Er hatte um Sigrid geworben, die aber Angst und Abscheu vor ihm nicht verbergen konnte und lieber in den Tod gegangen wäre, als sein Weib zu werden. Das aber war Heges Wunsch, und sie hatte Sigrid Urse zugesprochen. Wenn das siebente Jahr vergangen, sollte die Hochzeit sein.

Da hatte das unglückliche Mädchen heimlich einen Boten zu Hinrich gesandt:

»Jedes Jahr, wenn am siebenten Tag des Maimonds dein Boot vorübergleitet, Hinrich, dann lausche! Ich werde darauf warten, und wenn keine Gefahr um dein

Leben lauert, will ich die Glocken läuten. Wenn du die hörst, dann wisse, mein Herz ruft dich, zu kommen und mich zu dir heimzuholen. Sieben Jahre lang - siebenmal wird das so sein. Doch wenn bis zum siebenten die Glocken schweigen - dann, o mein Hinrich, dann ist alles vorbei, dann sehen wir uns nicht wieder, denn Urses Weib werde ich nie. Vergiß nicht die Glocken, Hinrich!«

Heges scharfe und wachsame Augen aber sahen den Boten zurückkehren, obwohl es zur Nacht war, und sie verstand, ihn zum Reden zu bringen - sie und Urse, daß danach der Mund des Boten stumm wurde. So wußte sie um alles und hielt die Schlüssel zum Glockenturm wohl verwahrt. Sigrid aber wurde von beiden gleich der niedrigsten Magd gehalten.

Im letzten Winter war die Stiefmutter plötzlich erkrankt, und bald darauf starb sie. In ihrer letzten Stunde noch mahnte sie Urse:

»Halt deine Augen offen! Hüte die Glocken und Sigrid, hüte dich vor dem siebenten Jahr!«

Und der siebente Maimond brach an, darüber die Bäume hell und die Wiesen grün wurden. Urse hielt die Augen offen und prüfte des Schwertes Schärfe, um Hinrich zu erschlagen, wenn er die Insel beträte, um das Mädchen zu entführen. Die Schlüssel zum Glockenturm aber trug er zu allen Zeiten bei sich - an seiner Seite den treuen alten Diener Uwe, der mit ihm manchen unrechten Weg gegangen war.

Dessen Weib, die alte Elen, war die einzige auf der Insel, die mit Sigrid Mitleid hatte und ihr gerne geholfen hätte - zumal das Mädchen ihr in allem gut tat, sie pflegte, wenn sie krank lag, und wenn sie müde war, die Arbeit aus ihren Händen nahm und zu Ende brachte. Auch Elen haßte den starken Urse, der ihren Mann zu jeder Schlechtigkeit verführt hatte. Sie verstand manch wunderliche Tränke zu bereiten, mit denen sie Menschen und Vieh helfen und vieles andere tun konnte. Da sie nun merkte, wie dem Mädchen das Herz flatterte und das Leben in Leid und Angst verströmte, drückte sie ihm heimlich ein kleines Fläschchen voll kristallklarer Flüssigkeit in die Hände:

»Nimm, Sigrid! Es macht Urse auf viele Stunden stumm. Er wird darüber die Zeit verschlafen. Vielleicht wird dir das helfen, denn du dauerst mich...«

Und als der siebente Tag des Maimonds anbrach, mischte sie diese Flüssigkeit heimlich in Urses Morgentränk, darüber er so müde ward, daß er einschlief und wie tot auf seinem Lager lag. Da löste Sigrid den Schlüssel von seinem Gürtel und barg ihn in ihren Kleidern.

Dann saß sie Stunde um Stunde des Tages oben auf dem Felsen beim Glockenturm und sah brennenden Auges nach Hinrich aus. Sie merkte dabei nicht, daß Uwe, der über seines Herrn tiefen Schlaf verwundert und mißtrauisch geworden war - hatte er doch vergeblich dessen Schultern geschüttelt und ihn gerufen -, nun auf der Schwelle des Turmes saß und das Mädchen nicht aus den Augen ließ. Längst war der Mittag vorbei, als in der Ferne das Boot auftauchte, daß Sigrid jäh zum Herzen griff. Nun, nun sollte sich der Tag erfüllen ... Sie riß den Schlüssel aus dem Gewand und eilte, die Glocken zu läuten. Da aber saß der greise Uwe vor der Tür.

»Was willst du tun, Sigrid?«, fragte er rauh und riß dem erschrockenen Mädchen den Schlüssel aus der Hand.

»Die Glocken, Uwe, laß mich zu den Glocken!«

»Du sollst das nicht tun, Sigrid!«

Sie aber sank in Angst vor dem alten Mann zu Boden und umklammerte sein Knie:

»Uwe - Uwe! Laß mich die Glocken läuten! Hörst du nicht? Sei gut zu mir, sei barmherzig!«

»Ich darf nicht, Sigrid!«

»Sei nicht grausam, Uwe! Zertritt nicht mein Herz! Siehst du nicht, daß ich in Todesangst und Not bin? Siehst du nicht, daß du mich umbringst? Erbarmen, Uwe! Erbarmen! Ich will dir das Goldkettchen meiner Mutter geben, hörst du - ich habe nichts anderes, aber mir ist es mehr als die Welt! Uwe, laß mich zu den Glocken!«

»Ich brauche dein Kettchen nicht, ich habe genug. Aber ich kann dir auch nicht helfen, denn er schlägt mich tot, wenn ich dich tun lasse...«

»Du kommst mit uns, Uwe! Du fliehst mit mir von der Insel hinüber zum Land. - Oh, hör mich an, Uwe!«

»Was soll ich drüben? Dort hassen sie mich, wie sie Urse hassen und...«

»Mein Gott, Uwe, bist du so böse? So furchtbar? Hast du kein Herz mehr in dir?«

Da aber löste der Alte die Hände von seinen Knien und ging zum Hause hinüber, denn er fürchtete, sein Herz könnte ihm weich werden...

Sigrid aber warf sich gegen die schwere Tür, schlug sich die Fäuste daran blutig und riß verzweifelnd an dem eisernen Schloß - aber die Tür tat sich nicht auf.

Am Horizont glitt langsam das Boot hin. Sigrid stürzte zum Felsen zurück, riß das Gewand von den Schultern und ließ es wie eine Fahne flattern samt ihrem gellenden Schrei:

»Hinrich! Hinrich! Geh nicht! Hörst du die Glocken nicht? Mein Gott! Vater im Himmel, tu ein Wunder! Läute du die Glocken, daß er sie höre! Vater! Daß er sie höre...!!«

Das Boot aber glitt fern von ihr vorbei. Da sprang sie von Felsen zu Felsen, immer am Strande hin, und die

Fetzen in ihren Händen schleiften sinnlos am Boden. So lief sie um ihr Glück und ihr Leben und glaubte es noch zu erreichen. Ferner aber war das Boot - da fielen ihr die Fetzen aus den Fingern.

»Ich komme, Hinrich, ich komme!«, schrie sie mit heiserer Stimme und warf sich über die Steine hinunter in die Tiefe, wo die Wellen sie barmherzig in ihre kühlen Arme nahmen...

Uwe hatte gesehen, wie das Mädchen, von Verzweiflung getrieben, zwischen den Steinblöcken mit dem Boot um die Wette lief, daß es ihn doch erbarmte.

»Er wird mich erschlagen...«, flüsterte er und ging doch zum Turm zurück und schloß die Tür auf, um für sie die Glocken zu läuten. Was wußte er, daß es zu spät war? ›Er wird mich erschlagen...‹, knarrte jede Stufe unter seinen Füßen. Und dann griff er in die Seile, daß der Klang voll und tief über die Wasser hin bis in das Herz des Jünglings fand, der wie mit müden Armen die Ruder führte.

Da der Ruf ihm kam, fiel alle Müdigkeit von ihm ab, und lachend schlug er das sprühende Wasser hinter das Boot, daß es wie ein Vogel dahinflog, Sigrid zu empfangen, das Glück zu bergen.

Am Strande aber stand der greise Uwe - nicht das Mädchen, das Hinrichs Augen suchten -, so daß er unwillkürlich zum Schwert griff.

»Wo ist Sigrid?«

»Ich weiß es nicht«, antwortete traurig der alte Mann, denn ihm ahnte, daß er sich zu spät erbarmt hatte. »Laß sie uns suchen, Hinrich, laß dein Schwert aus der Hand! Ich will euch nichts Böses, und Urse schläft.«

Und sie suchten und fanden Sigrid halb vom Wasser bedeckt auf den Steinen unter dem Felsen liegen. Stumm vor Herzeleid küßte Hinrich den blassen Mund, hob sie vom Boden auf und trug sie den Weg zurück.

»Wo willst du hin, Hinrich?«

»Wo ist Urse?«, fragte dieser heiser.

»Willst du, daß er dich und mich tötet, Hinrich? Steig in dein Boot und nimm das Mädchen mit dir von diesem unseligen Ufer - hier hat man auch im Tode keine Ruh.«

»Ich muß Urse sprechen!«, antwortete Hinrich und ließ sich von Uwe nicht zurückhalten.

Er ging bis zu dessen Hause und in die Kammer hinein, in der Urse in totenähnlichem Schlafe lag. Hier legte er das Mädchen zwischen sich und ihn und erwartete den Augenblick des Erwachens.

»Schlag ihn tot, Hinrich!«, flüsterte der Alte. »Schlag ihn tot, und er wird keinem mehr Übles tun.«

Hinrich aber schüttelte den Kopf und schwieg.

»So will ich ihm das Herz kalt machen!«, sprach grimmig Uwe. »Denn wenn er erwacht, wird er uns alle umbringen.«

Da aber hob Hinrich abwehrend die Hand.

»Laß, Uwe, wir wollen nicht feige einen Schlafenden töten. Ich will ihm im offenen Kampf gegenüberstehen, und Gott mag zwischen uns entscheiden.«

Und dann kam die Stunde, daß Urse erwachend sich vom Lager hob und verwundert auf Hinrich und das tote Mädchen sah.

»Was soll das? Träum ich? Bist du elender Vogel in mein Garn geflogen? Und Sigrid?«

»Nimm dein Schwert, Urse!«, sprach bitteren Mundes Hinrich. »Gott soll richten, was du Böses getan. Sieh sie dir an! Das ist dein Werk, Abscheulicher! Sieh mich an - ich bin ihr Rächer!«

Da kam die blinde Wut über den starken Urse.

»Du wagst es, du Kind, du Säugling?«

Und er griff sein Schwert und schlug auf Hinrich ein, daß die Späne aus dem blanken Eisen sprangen. Aber bald erlahmten des Jünglings Arme, er war dieser unbändigen Kraft nicht gewachsen. Und dann hieb ihm Urse das Schwert in Stücke, und, das eigene von sich werfend, erschlug er den Jüngling mit der Faust.

»Fahre zur Hölle! Fahre deiner Geliebten nach, du Dummkopf!«, knirschte er und beugte sich über ihn, sich an dem Anblick zu weiden. Der alte Uwe aber hatte inzwischen Urses Schwert vom Boden aufgegriffen und stieß es dem Riesen in den Rücken, daß er umfiel wie ein gefällter Baum.

So schleifte er ihn hinaus, über Steine und Sand, hin bis zum Felsen beim Glockenturm und warf ihn hinunter ins Meer. Sigrid und Hinrich aber begrub er an der Mauer des Turmes gen Abend hin, und die alte Elen pflanzte Rosenstöcke auf ihr einsames Grab.

Jedes Jahr nun um diese Zeit stieg Uwe auf den Turm und läutete die Glocken, der Wind aber trug den Klang über das Meer in alle Länder der Erde - den Klang der unwirklich fernen Glocken...

Ein jeder hat sie schon vernommen, wenn er in Sinnen saß, hat aufgehorcht - verwundert über den seltsamen, fernen Klang, den Ruf des einen nach dem anderen - den unwirklich fernen Ruf der Liebe...

Das Märchen einer Liebe

Sie glitt wie eine lichte Sommerwolke durch sein Leben. Sie rührte ihn leise an - wie der Mond mit silbernen Fingern an die Zweige rührt, daß sie selber zu Silber
werden und leuchten müssen - und Olaf ist wie ein
Zweig, der in Utas Händen blüht.

Da kam der Herbst in das Land, schritt durch die Felder und Gärten und strich wunderlich um Olafs Hütte.
Und es war mitten in der Nacht, als die Blätter aus den
Bäumen fielen und leise an die kleinen Fenster klopften.
Das war ein wunderlicher Gesang, und ein dunkler Ruf
war darin, daß Uta darüber erwachte und nach dem
Herzen griff. Eine Hand - fremd und kühl - faßte nach
ihr voller Zwang, daß sie gehorchen mußte und sich
vom Lager erhob.

Als sie an der Tür stand, um, dem Ruf folgend, hinaus-
zugehen, erschrak sie zutiefst, denn sie hörte den leisen
Atem des Schlafenden - und es kam ein Weh in sie, die
doch nicht wußte, warum das so war, denn sie ging wie
im Traum.

Da zündete sie eine Kerze an - die Hände zitterten ihr
dabei - und trat noch einmal an Olafs Bett, neigte sich
lange über sein Gesicht, neigte sich bis in sein Herz hinein. Von ihrer Wimper aber fiel eine Träne auf seine
Stirn und glühte im sanften Kerzenlicht auf wie der Tau
auf den Gräsern, wenn der Morgen über sie kommt.
Der Seufzer ihrer Lippen trug noch einmal seinen Namen, dann ging sie stumm hinaus, und jeder Schritt war

ein Blutstropfen, der von ihrem Herzen rann... Lautlos schloß sich hinter ihr die Tür.

Olaf aber schlief, und keines rief ihn, sie zurückzuhalten - Olaf schlief...

Dann vergingen die Stunden der Nacht. Am Horizont stiegen die ersten Lichter des Tages herauf, und die Hügel begannen zu glühen, dann die Wipfel der Bäume in den Niederungen, und sie waren wie in Blut getaucht - bis zuletzt die Sonne selber über den Wald herüberkam. Wie mit goldenem Pinsel strich sie über das Land hin und über das Dach und die Wände der kleinen Hütte, und mancher goldene Tropfen sprühte in Olafs Kammer hinein und auf seine geschlossenen Augen, daß sie sich auftun mußten.

Da dehnte und streckte er sich in den Morgen und lachte und blinzelte zu Utas Lager hin - aber das Mädchen war nicht da, um wie an jedem Morgen strahlenden Auges ihn anzusehen. Er richtete sich auf und lauschte - aber sein Ohr hörte nicht den Klang der Füße vor der Tür -, und da er noch weilte, hörte er Uta nicht vor dem Fenster singen.

»So früh ist sie aufgestanden«, dachte er, »und ich, ich Faulpelz, liege noch und schlafe. Sie wird mit dem Krug zum Brunnen gegangen sein, Wasser zu schöpfen.« Scheu und behutsam, als fürchte er zu besudeln, was doch immer rein sein mußte, strich seine Hand über die leeren Kissen, auf denen sie geruht, und er war glücklich dabei. Was alles bedeutete ihm nicht dieses Wesen - Heim und Welt und Leben. Dann aber wunderte er sich doch ein wenig darüber, daß auf dem Herd kein Feuer brannte - und er stand jäh auf, kleidete sich an und trat vor die Tür, um zum Brunnen zu gehen.

Dort rann wie immer das Wasser silbern über die Steine, aber die, die sein Herz suchte, fand er nicht.

»Wo ist sie?«, fragte er den Brunnen. »Sage mir, wo sie ging!«

Der Brunnen aber sang sein Lied fort und fort, und das klang, als spräche er: ›Sie wird im Garten sein und Blumen brechen.‹

Und Olaf ging in den Garten, aber die er suchte, fand er nicht.

»Wo ist sie gegangen?«, fragte er die Blumen. »Habt ihr sie nicht gesehen?«

Die Blumen aber standen im Tau, als hätten sie geweint, und wiegten sonderlich die Köpfe, als wüßten auch sie nicht, wohin das Mädchen gegangen.

›Sie wird auf der Wiese sein und in den Himmel träumen‹, schienen sie zu sagen.

Da ging Olaf hinter den Zaun, wo bis zu den dunklen Säumen der Wälder hin die Wiese sich breitete, aber Uta fand er nicht. Die Wolken zogen hoch über dem Lande hin, wie weiße, festliche Kähne in den lichtblauen Wassern stiller Seen schwimmen, und sie waren so licht wie sie, als wären es ihre Schwestern, aber Antwort gaben sie seiner Frage nicht und glitten schweigend im leisen Wind. Olaf wurde das Herz gar schwer, denn er wußte nicht mehr, wo er sie suchen sollte.

Die Welt war auf einmal farblos geworden. Was er in die Hände nahm, hatte keine Seele mehr, und er ließ es freudlos entgleiten - wie auch die Hütte stumm geworden war, als wäre sie über Nacht gestorben. Das Herz der Hütte schlug nicht mehr. Olaf selber aber war wie ein Zweig, dem die verwelkten Blüten in den Wind fielen - er blühte nicht mehr.

Da stieg er den Berg hinauf, der gen Abend lag, hockte sich auf einem der großen Steine nieder und sah dunklen Auges der Sonne nach von ihrem Aufgang bis zum Niedergang - immer wieder, Tag um Tag, als müßte aus ihrem Licht zurückkehren, was ihm entflohen und mit den Vögeln fortgezogen war. Und Nacht um Nacht trank sein wartender Blick die Sterne vom Himmel - sie blickten an jedem Abend von neuem aus der schwarzblauen Wand -, aber Uta kam nicht wieder...

Der Wind wehte über die Höhe und zerrte an seinen Kleidern, griff wie im Übermut in sein Haar, daß es wie die Halme zu seinen Füßen flatterte - er spürte es nicht. Regen und Schnee rannen in sein Gesicht und die Kälte machte ihn zittern, wie die Birken am Hang frierend standen - er wußte es nicht. Der Frühling lachte die Hänge hinauf und hinab und streute Blüten über ihn aus und in seine Hände hinein - er sah sie nicht. Seine Seele suchte, was er verloren hatte und wanderte weit...

Eines Tages war er nicht mehr allein auf dem Berg. Ein fremdes Mädchen war zu ihm hinaufgestiegen und hatte sich neben ihm niedergesetzt. Er hatte sie nicht kommen hören und nicht gesehen, aber er fühlte die Nähe der Fremden. Seine Augen jedoch fanden sich nicht zu ihr, sie gingen nur immer der Sonne nach.

Da begann das Mädchen zu sprechen:

»Sieh mich an! Ich bin schön, ich bin schöner als alles, was du bisher gesehen. Du wirst mich lieben und wirst vergessen, was du suchst, ohne zu finden...«

»Ich sehe dich nicht«, antwortet Olaf. »Ich will dich nicht sehen, denn nichts kann sein wie sie.«

»Du bist ein Narr, Olaf! Sieh mich doch an! Die Sonne ist nicht so golden wie mein Haar. Meine Augen sind klarer als die Sterne, prächtig wie Saphire...«

»Ich habe in Augen gesehen, die trugen die Seele...«, flüsterte Olaf, und ein Leuchten glitt dabei über sein Gesicht.

»Mein Mund glüht wie der Korallenbaum im Meer - er wird deinen Durst stillen...«

»Ich trank aus einem reinen Quell, in dem der Himmel sich spiegelte...«

»Kennst du die Lilien auf dem Felde? Duftender und schneeiger sind meine Hände - sie können alles vergessen machen, Olaf!«

»Ich sehe dich nicht. Ich sehe Hände, die mich berührt, daß ich blühte - Hände, die mein Herz berührt, daß ein Brunnen rauschte, wie keiner zu rauschen vermag...«

»Meine Füße sind elfenbeinfarben und schlank, meine Beine wie vom jungen Reh in den blühenden Hainen.«

»Ein Fuß ging vor meiner Tür, der trug die Stille zu mir...«

»So sieh mich doch an, Olaf, und du wirst glücklicher sein, als du jemals warst!«

Olaf aber blickte schweigend der Sonne nach.

Da sprang das Weib auf, trat vor ihn hin und drohte ihm: »Wenn du mich nicht sehen willst, dann soll auch nichts anderes mehr in deine Augen finden. Die Strahlen der Sonne werden wie glühende Pfeile in sie hineindringen und dich blenden! Die Sterne werden hineinfallen und sie verbrennen, und du wirst blind sein!«

Olaf aber schwieg und blickte über sie hinweg...

Da ward die Fremde voller Wut und ballte die Hände: »Du verschmähst mich? - Nun, so geschehe dir das, du Tor!«

Dann war Olaf wieder allein auf dem Berg. Aber die Sonne zerstach ihm die Augen, und die Sterne fielen hinein und verbrannten sie. Wohl warf er sich in das tauige Gras, um das brennende Gesicht zu kühlen, aber die Augen lebten nicht mehr, daß immer Nacht in ihnen sein mußte...

Da begann Olaf zu singen. Jedes Lied war ein Ruf brennender Sehnsucht, in jedem ging sein Herz auf die Wanderung, Uta zu suchen. Die Winde nahmen die Gesänge mit sich, trugen sie in alle Länder, in alle Himmelsrichtungen und bis an die Grenzen der Welt.

Menschen und Tiere lauschten verwundert in die Stunden des Tages und der Nacht. Die Bäume neigten sich wunderlich in den Klang hinein, denn allen blutete er in ihre Zeit, daß sie - zutiefst davon angerührt - die Sehnsucht verspürten. Doch wußten sie nicht, was sie so ergriff und woher der Klang mit dem Winde kam, der alles erfüllte und übervoll werden ließ und in den Gärten und Feldern, den Bächen und Seen, in jedem Zweige der Bäume des Waldes nicht zur Ruhe kam - so gewaltig war Olafs Liebe und Leid...

Einmal aber hob sich ein Arm zu ihm auf, an dessen Gelenken die silbernen Reifen leise klirrten, und Finger tasteten nach seinem Gesicht, daß er erschrak:

»Wer bist du? Was nimmst du mir das Lied vom Munde?«

»Du singst schön...«, antwortete das Weib, das sich zu ihm neigte, »du singst so schön. Dein Herz geht durch den Gesang hindurch wie der Mond durch die Frühlingsnacht. Bis fern in mein Land kam der Klang gegangen, daß ich mich aufmachte und ihm nachging - wie man die Quelle sucht, die den Strom gebar. Es ließ mir keine Ruhe, daß ich ihn suchen mußte und heut zu dir fand.«

»Was willst du von mir? Dich rief ich nicht, du fremde Frau...«

»Was du rufst, wird nie mehr zu dir finden. Du sollst mit mir gehen in mein Land, in mein Haus, in meine blühenden Gärten und sollst mir singen, denn ohne dein Singen ist keines mir wert.«

»Ich singe nicht für dich. Ich gehe nicht mit dir. Mein Herz geht in den Liedern aus zu suchen, was mich blühen gemacht...«

»Dein Herz findet es nicht. Komm mit mir, Olaf, singe für mich! Ich will dich reich machen. Meine Gärten sollen deine Gärten sein und meine Stunden deine Stunden... - Hörst du, dir wird keines fehlen, denn du wirst immer im Frühling sein.«

»Geh, Weib! Wie kann ich jemals vergessen, was mein Leben war? Käme mir das wieder, ich wollte im Winter sein, denn selbst der Winter würde in ihren Händen blühen... - Geh, ich singe nicht für dich!«

»Und ich gehe nicht ohne dich! Was du nur willst, soll dir gehören. Alle Lust der Erde soll deine sein. Zu meinen Füßen sollst du sitzen und singen, und ich will dir den Verlust von der Stirne streichen. Keinem ward dieses Glück zuteil, du allein sollst es empfangen...«

»Wie kann ich dir zu Füßen sitzen, wo mich ihr Herz getragen, wo ich in ihren Händen stille war? Niemals werde ich mit dir gehen und in deinen Gärten sein - der Weg führe denn zu deren Füßen, die einmal mich trug!«

»So soll deine ungestillte Sehnsucht so groß werden, daß sie die Stimme zerbricht, und nie mehr wirst du singen... Hörst du, Olaf? Nie mehr wirst du singen!«

Olaf aber achtete ihrer Drohung nicht und sang in den purpurnen Abend hinein, der ihn kühl umfing. Seiner Sehnsucht Lied aber ward so groß, so übervoll an klagender Liebe, daß die Stimme es nicht mehr fassen konnte und zerbrach.

Da rannen aus seinen lichtlosen Augen die stummen Tränen und fielen lautlos ins Schweigen...

Am anderen Tage aber gruben seine Hände den Ton aus der Erde und begannen das Bild seiner Sehnsucht zu formen. Die Zeit ging darüber hin, Monde vergingen, Jahre vergingen, und der Reif der Zeit legte sich auf seinen Scheitel. Das Bildnis aber wuchs unter den Händen, die das Herz führte, und wurde schöner und schöner. Immer wieder glitten die Finger über die Gestalt und zeichneten Zug um Zug in das Gesicht - den lächelnden Mund, der nie Gram gesprochen, die reine Stirn, die nur Freude ersonnen, die beseelenden Hände, die ihn einst blühend gemacht..., und er war glücklich dabei, als müßte Uta aus dem Bildnis heraustreten und in seine gestorbene Hütte zurückkehren.

Und dann kam der Tag, daß sein Werk vollendet war. Die Hände lagen ruhevoll im Schoß, das Gesicht trug die stille Freude, die noch das letzte erwartet. Lauschend neigte er das Antlitz zu dem Bilde hin und wurde nicht müde, das Wunder zu erwarten...

Ein Wanderer, der vorüberkam, sah ihn, wie er dort saß mit dem Silber der Zeit im Haar und dem Lächeln auf den Lippen, geneigt wie ein Baum, der ins Tal hinunterlauscht auf den Klang der Glocken, die ihm schon gesungen hatten, da er als Reis aus dem Samen in die Sonne wuchs. Staunend auch sah er das Bildwerk, daß er wie gebannt stehen blieb.

»Welch wundersames Bild!«, sprach er. »Sag, Alter, was willst du, das ich dir dafür gebe?«

Olaf hob leicht das Gesicht auf und verharrte so reglos eine Weile, als hätte er gar nicht begriffen, was der Fremde von ihm verlangte.

»Du bist blind«, redete dieser weiter. »Deine Augen sind tot. Was nützt dir dann das Bild, das deine toten Augen nicht fassen können?«

Olaf aber schüttelte stumm den Kopf, während der Fremde fortfuhr:

»Mit dem Augenblick, da ich es sah, wußte ich, daß es kein schöneres gibt, und du wirst verstehen, daß ich es haben muß. Sprich schon! Was soll ich dir dafür geben?«

Olaf aber schwieg und hob abwehrend die Hand.

»Du bist stumm«, fuhr der andere fort. »Du kannst nicht sprechen, weil deine Stimme den Klang verloren hat. Ich aber höre dein Herz. Ich habe die Gabe, zu hören, was es spricht.«

Da redete des Stummen Herz: ›Mein Mund ist stumm, weil er an der Sehnsucht zerbrach...‹

»Ich bin ein großer Arzt. Ich kann ihn wieder reden machen, wenn du nur willst.«

›Wie wollte ein Stummer nicht, daß er wieder rede? Aber was kann ich dir dafür geben?‹

»Sagte ich dir nicht, was ich dafür wollte? Gib mir das Bild!«

›Das - das kann ich dir nicht geben. So mag mein Mund stumm bleiben.‹

»Ich will dir dazu auch die Augen hell machen, daß der Himmel wieder hineinfindet, die Sonne, die Wolken, die Frühlinge und Sommer und alles, was einmal darinnen war. Willst du, daß ich dir das tue? Ist es nicht mehr wert als dieses tote Bildwerk?«

›Geh! Geh! Nie kann ich mich davon trennen! Es ist nicht tot - es birgt mein Leben! Hörst du, Fremdling, ich kann es dir nicht geben - lieber will ich immer blind und stumm sein!‹

»Verstehst du nicht, du Tor, daß ich das Bild haben muß? Ich habe nie ein gleiches gesehen.«

Da aber schwieg auch Olafs Herz und antwortete nicht mehr, darüber der Fremde erzürnte und ihm drohte:

»So will ich dir auch das Bildwerk zerschlagen, damit du nicht hast, was ich nicht haben soll! Du kannst dir keines mehr machen, denn deine Tage neigen sich schon tief in den Abend hinein, und bis zur Nacht ist es nur ein Schritt.«

Olaf hatte sich vor dem Fremden auf die Knie geworfen und hob flehend die Hände auf.

›Hab Erbarmen!‹, schrie vor Angst sein Herz, ›hab Erbarmen!‹

»Still! Still, Alter! Ich mag nun dein Herz nicht mehr hören!«

Aber das Herz konnte nicht schweigen und hörte nicht auf, und jeder Schrei, der aus ihm sprang, war ein Blutstropfen, der des Fremden Hände wie mit einem Zauber band, daß sie das Bild nicht zerbrechen konnten.

»Ich will das Herz schon still machen, hörst du? Ich will es zerschlagen, wie ich das Bild zerschlage! Dann bist du wie der Stein, auf dem du geruht hast, und jeder, der vorüberkommt, kann mit dir tun, was er nur mag. Du wirst stumm sein bis ans Ende der Tage, und nichts mehr erhofft dein Herz. Dann hält mich nichts zurück, daß ich dir das letzte zertrümmere! - Gibst du mir das Bild, Alter?«

Der aber umklammerte des Fremden Knie:

›Ich - kann - es dir nicht - geben! Sei barmherzig! ...‹

Dessen kühle Hand aber rührte sein Herz an, daß es stumm wurde wie sein Mund - und dann zerbrach das Bild.

Hoffungsleer sank Olaf das Gesicht ins schweigende Dunkel. Er wurde zum Stein in der Einsamkeit des Berges...

Eines Tags kam der Heiland auf seiner Wanderung durch die Welt auch auf diesen einsamen Berg. Er war von dem, was er bei den Menschen gesehen hatte, müde geworden und ließ sich auf dem Stein nieder, um auszuruhen. Und während er mit einem schmerzlichen Lächeln um den Mund in die Landschaft sann, ward ihm auf einmal die große Liebe und das große Leid offenbar, das sich in diesem Stein verbarg. Da ergriff ihn ein tiefes Mitleid, und aus seinen barmherzigen Händen fiel ein Samenkorn zur Erde. Daraus aber wuchs ein Rosenstrauch, dessen Zweige sich wie liebende Arme um den Stein schlangen, als wollten sie ihn von der Erde aufheben und in Leben und Glück zurücktragen.

Dann kam eine Nacht, durch die der Frühling ging und aus den Gärten der Niederung den Berg hinaufstieg, daß die Knospen darüber aufsprangen und der Rosenstrauch zu blühen begann.

Die schönste Blüte aber neigte sich bis auf den Stein und rührte ihn mit ihrem Munde an, daß das stumme Herz darin zu klingen anfing und die Starre von Olaf abfiel - wie ein Schleier vom Gesicht gleitet; und er hob sich auf, während in seinen Zügen ein großes Staunen war. Die Blüte aber war zu der geworden, die er ein Leben lang gesucht. Uta stand bei ihm, rührte seinen Mund an, daß er sich auftat und redete, und rührte leise an seine Augen, daß sie wie die Knospen aufsprangen und das Glück empfingen.

So standen sie Hand in Hand unter dem Sternenhimmel in glücklicher Stille. Und jede Nacht war es so - so lange der Strauch im Blühen stand und die Menschen schliefen und nichts vom Leben wußten... Erst wenn der letzten Rose Blütenblätter welk in den Wind fielen, sanken auch sie in das Schweigen zurück und ruhten im Stein und Strauch, dessen Zweige ihn liebend umschlungen hielten - und Sonne, Mond und Sterne glitten durch ihre Ruh, bis der neue Frühling die Knospen öffnete und die schönste Rose den Stein wach küßte.

So blieb es Jahr um Jahr, so ist es heut und wird es bleiben bis zum letzten Tag der Welt, wo Gott ewig vereint, was sich so geliebt...

66

Der lebendige Quell

Es war in der Zeit der Blüte. Die Gärten konnten die Fülle an Pracht und Duft kaum fassen, daß sie davon überflossen wie übervolle Brunnen und in den Menschen die Sehnsucht stärker wachriefen als je zuvor. Aber nicht alle Sehnsüchte führen ins Gute. Sie können berauschen und blind machen, so daß das Herz vom Reichtum in die Armut wandert, weil es nicht sieht und nicht mehr begreift, was es für eine Kostbarkeit in billigen Tand eintauscht.

Der Jüngling, der die Straße daherkam und nach den üppigen Fliederbüschen sah, die sich über die Zäune neigten, ging auch einer Sehnsucht nach, aber einer, die ihn das Kostbarste verlieren ließ - den reinen, lebendigen Quell, der durch jedes Leben fließen muß, wenn es gesegnet sein und bleiben soll. Er ging von seiner Mutter fort.

Als er die Gärten mit ihren Zäunen hinter sich gelassen hatte, wanderte sein Blick über die weiten Felder und war so voller fremder Bilder, daß er den Menschen nicht sah, der am Wege saß.

»Wo gehst du hin?«, fragte dieser, darüber der Jüngling erschrak und den Fremden eine Weile verloren anblickte.

»Ich gehe in die Freiheit«, sagte er dann, »geh aus meinen Kinderschuhen heraus. Bin ich nicht alt genug geworden, um so zu tun?«

»Gewiß«, antwortete ihm lächelnd der andere, »ein jeder tut einmal den Schritt auf die weite Straße. Aber sage mir, wie meinst du das mit der Freiheit?«

»Ist man denn frei, wenn man der Mutter in den Händen bleibt? Ist man denn frei, wenn sie an einem handelt, als bliebe man immer ein Kind?«

»Ihr Kind, mußt du sagen«, verbesserte der Fremde. »Ach, wer ist denn freier als ein Kind? Du wirst noch lernen, das zu wissen. Du wirst dich nach deinen Kinderschuhen zurücksehnen, wenn du erst erfahren hast, wie unfrei dich die große Welt macht.«

»Du magst vielleicht recht haben, was weiß ich. Aber die Mutter versteht mich nicht. Sie lebt in ihrer alten, verstaubten Welt, die es nicht mehr gibt.«

»Eine Mutter lebt in ihrem Kinde; sie versteht es besser, als du glaubst. Sie lebt so tief in ihm und versteht es so gut, daß sie das oft nicht zu sagen vermag, weil sie erschrecken muß vor dem, was sich an Fremdem in das Herz des Kindes hineinfand, wenn es erst größer geworden ist. Das, was du meinst, ist nur dein törichtes Wähnen, wie du die Mutter nicht verstehen willst oder verstehen kannst, eingefangen von den Lockungen der Zeit. Was redest du von ihrer alten, verstaubten Welt? Die Welt ist immer jung; sie ist immer dieselbe geblieben. Sie hat sich nicht verändert und ist so, wie sie aus Gottes reichen Händen kam. Aber die Menschen sind anders geworden. Sie haben sich mehr und mehr losgelöst von dem Urklang, der sie an das Heiligste bindet - wie der Baum mit seinen Wurzeln im Boden steht. Reiße ihn aus - und er muß verderben! So ist es mit den Menschen, die ihrer Seele fremd werden und fremd geworden sind, die sich von dem Urklang lossagen. Er ist ein wundersamer Klang... Je weiter du dich von ihm entfernst, um so leiser wird er, bis du ihn einmal nicht mehr vernimmst. Dann kommt der Augenblick, wo du fühlst, wie arm du geworden bist, wo du Sehnsucht danach trägst und vielleicht nie mehr zurückfindest, weil die Wege verschüttet sind. Dann bleibt die leere Stelle im Herzen, daß es dahinsiecht wie eine Blume ohne Sonne.«

»Was hat das mit mir und meiner Mutter zu tun?«, fragte der Jüngling.

»Sehr viel und alles! Scheidest du dich von ihr und ihrer unsagbaren Liebe, dann scheidest du dich von Gott - und zugleich von dir selbst.«

»Wie soll ich das verstehen?«

»Die Mutter ist in dir und du bist in der Mutter. Ihr seid und bleibt immer ein Ganzes - wie du unter ihrem Herzen, aus ihrer Liebe, ihrem Fleisch und Blut gewachsen bist, wie sie gesegnet aus Gottes Händen kam. Fällt eines vom anderen, dann ist keines ein Ganzes mehr. Du hast deinen besten Teil verloren - die begnadete Liebe, Gott und dich selbst.«

»Die Liebe, sagst du? Die finde ich überall! Nimmt sich nicht jeder ein Weib und ist glücklich in ihrer Liebe, daß er alles darüber vergessen kann? Ich werde das Weib suchen und die Liebe finden, die mir die Mutter vollauf ersetzt!«

»Tor! Nur wenn die Mutter durch diese Liebe geht, also wenn sie mütterlich ist, bleibt sie rein und groß und schön - sonst aber kommt einmal die Stunde, wo sie nicht mehr Liebe ist und schal wird wie abgestandener Wein. Und du wirst nicht wissen, warum das so ist.«

»Und Gott, sagst du? Leben die Menschen nicht auch ohne Gott? Die Welt ist Gott mit ihren Herrlichkeiten und Wundern. Der Mensch ist Gott, denn das vermag er alles! Sieh dir die großen Männer an!«

»Oh, wie du das sagst! Wie kann man über dem Werk den Schöpfer vergessen? Und was wären alle, wenn es ihnen nicht gegeben wäre? Sieh, wenn zwei Menschen vor dir stehen - einer mächtig und reich, zu dem die Toren aufsehen wie zu einem Gott, der aber selbst ohne Gott im Herzen lebt; ein anderer, arm und schwach, den die Menschen gering schätzen, der aber vom Himmel erfüllt ist und voll von Glauben und Gottesfurcht -, schaue sie an und gehe deines Weges! Dann aber wende dich aus der Ferne zurück: wie klein, wie erbärmlich ist der Gottlose vor deinen Augen - es ist nichts Großes mehr an ihm. Doch wie groß wächst der Schwache auf, da sein Scheitel an die Sterne rührt. Begreifst du nun, was der Mensch ohne Gott ist?«

»Du sagst auch, daß ich mich selber verliere? Wie kann das möglich sein? Ich lebe doch!«

»Ja, du lebst! Aber wie lebst du? Als ein Leib ohne Seele, ein lebendig Begrabener, der sich schämen muß, solch kümmerliches Gut, das einmal an den Gräberhügeln seine Grenzen findet, in den Händen zu tragen. Soll ich dir denn noch einmal erzählen, was ich sprach?«

Da aber sproßte von neuem der Trotz in dem Jüngling auf, der in seiner Blindheit Angst trug, seine schönen Träume zu verlieren.

»Ach, was redest du da! Ich habe mir alles wohl zurechtgedacht und weiß, wie ich gehen muß!«

Der Fremde lächelte leise und sprach:

»Wenn du glaubst? Nun gut, so geh! Doch laß mich dir noch eine Geschichte erzählen, vielleicht, daß sie dir Freude macht.«

»Erzähle!«, rief begierig der Jüngling. »Ich höre gerne Geschichten, aber sie müssen wahr und unterhaltsam sein.«

Der Fremde nickte leicht mit dem Kopf und begann:

»Es war einmal eine Quelle...«

»Du erzählst ja ein Märchen!«, unterbrach ihn der Jüngling. »Märchen sind keine wahren Geschichten! Sie sind für Kinder erdacht, die nichts von Wahrheit wissen. Ich bin kein Kind mehr, wie du weißt!«

»Jedes Märchen birgt eine Wahrheit. Hast du das noch nicht gefunden? Dann bist du arm geblieben, mein Freund. Muß die Wahrheit immer in Alltagskleidern gehen? Im Märchen hat sie ein Festkleid angezogen. Das mußt du wissen. - Also höre zu:

Es war einmal eine Quelle von wunderbarer Klarheit und Reine. Das Wässerlein, das sie verströmte, war wie von Kristall. Munter und silbern rauschte es über die Steine und hüpfte den Abhang hinunter ins Tal, schlängelte sich wie ein liebliches Band durch die grünen Wiesen, an stillen Höfen vorbei in die große Welt. Dann und wann kam ein Bächlein vorbei und fragte:

›Willst du mich nicht mitnehmen?‹

›Kommt nur, kommt! Ich nehme euch alle mit!‹, lachte es dann und wurde größer und größer, wurde Fluß und Strom. Der Himmel hatte seine Lust daran, sich in seiner Klarheit zu baden, wie auch die Blumen und Gräser und alles, was hineinsah - am Tage die Sonne und nachts Sterne und Mond. Aber immer mehr der fremden Wasser nahm er in sich auf, die zumeist viel Schlamm und Unreinheit mit sich führten, darüber er fast sein schönes Gesicht verlor. Aber doch nicht ganz, denn immer blieb das Bild der Quelle in ihm, rann wie ein heiliger Strom, aus dem er Kraft gewann, der Schönheit nicht fremd zu werden. Man gab ihm einen königlichen Namen, wie in seinem Schreiten der Urklang war.

So kam er an das Meer und sah es staunend ohne Grenzen - wie ein Mensch vor der Ewigkeit steht. Er gedachte seines Anfangs und seines Weges und freute sich der Quelle, die ihn gebar und mit Reinheit nährte, daß er trotz aller Unreinheit, die er auf seiner Wanderung mit sich nahm, noch schön sein konnte. Die Quelle floß ja in ihm als das lebendige Blut, das ihn werden und sein ließ.

Eines Tages aber versiegte diese jäh und blieb stumm wie ein toter Mensch. So hatte der Fluß seinen Urklang verloren und war wie ein ausgerissener Baum. Es rann kein eigenes Blut mehr in ihm. Er verlor sein Ich und lebte nur im Fremden. Wieviel an Unrat nahm er in sich auf, und das machte sein Gesicht häßlich, denn es fehlte ihm die Kraft, sich dessen zu erwehren. Der Himmel fand nicht mehr Lust, darin zu baden, wie Sonne und Sterne auch, denn keines sah mehr gerne hinein. Er hatte keine klaren Augen mehr. Sie waren wie die verschleierten Augen böser Menschen, deren Gedanken nur in der Irre gehen. Wenn auch hier und da ein reines Wässerlein kam, so konnten diese nie die Quelle ersetzen, und das trübe Wasser war stärker als das klare.

Da sagten die Menschen:

›Ist es denn recht, daß er einen Namen trägt? Er hat doch keinen Anfang, keine Heimat, keine Quelle. Er lebt ja nicht aus sich heraus, sondern läßt sich von den anderen tragen und würde nicht mehr sein, wenn sie das nicht täten. So soll er den Namen des anderen tragen, der wenigstens eine Quelle hat.‹

So taten sie, und der Strom hatte auch seinen Namen verloren. Er wurde vergessen. Alle sahen nur noch den anderen in ihm. Und so stand er nun an der Schwelle zum großen Meer, ein breiter, schmutziger Strom, der kein eigenes Gesicht mehr trug und ärmer war als der Ärmsten einer...

Sag, ist das kein Leid? Aber eines ohne eigene Schuld. Was glaubst du, wenn er sich aus eigenem Hochmut von der reinen, lebendigen Quelle geschieden hätte und nun so arm am Ende stünde - was glaubst du, wie ihm da wäre?«

Verloren blickte der Jüngling in die Ferne. Es war, als zitterten Tränen an seinen Wimpern. Jäh richtete er sich auf, griff in den Baum, unter dem sie gerade standen, und brach einen Blütenzweig heraus. Er sah den Fremden mit einem unsagbaren Blick an, wandte sich um und ging den Weg zurück, den er gekommen war - zurück zur Mutter.

Der Fremde aber sah ihm lächelnd nach...

Wogende Welle wiegt
Traumhaft das Boot.
Ferner und ferner liegt
Land in die Nacht geschmiegt,
Und Mond glüht rot.

Seele in Einsamkeit
Gleitet verklärt
Ferne von Raum und Zeit,
Fern allem Erdenleid,
Lichtzugekehrt.

Brausender Sterne Chor,
Klingende Pracht,
Zieht mich zu sich empor
Bis zu der Welten Tor
In heil'ger Nacht.

Seele ergründet nie
Der Sterne Zahl,
Jubelnd doch findet sie
Göttliche Harmonie
Allüberall.

Goldene Schale blinkt
Am Himmelsrand.
Aus heil'gem Grale trinkt
Seele die Ruh und sinkt
In Gottes Hand.

Gerh. Ew. Rischka

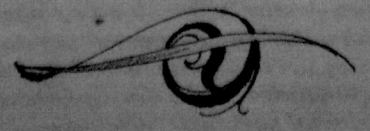

G.E. Rischka - Leben & Schaffen

- am 16. Juli 1903 in Breslau, Schlesien, geboren
- 1925 am »Sternschen Konservatorium« Berlin
  Ausbildung zum Kapellmeister und Komponist
- 1929-1931 Kapellmeister am Landestheater Stendal
- 1932 Gründung des »Schlesischen Sinfonieorchesters«
  in Breslau
- 1933 als Kapellmeister zum Reichssender Breslau
  berufen, mit großem Erfolg und Anerkennung
  (so zu sehen im Künstler-Taschenbuch
  »Dirigenten und Instrumentalisten«)
- 1940 zur Wehrmacht eingezogen
- nach Kriegsende bis 1948 in russischer Gefangenschaft
- während der Gefangenschaft entstanden u.a.
  die vorliegenden Zeichnungen und Erzählungen,
  die er für seine Mitgefangen schrieb.
  Anfangs wurden sie mit Medikamentenflüssigkeit,
  später mit Tinte geschrieben.
- Der Krieg vernichtete das ganze musikalische Schaf-
  fen von Rischka: 7 Opern, Lieder, Orchesterwerke.
- 1948 Neuanfang als Notenschreiber beim Berliner
  Rundfunk, doch bald war er ein gefragter Komponist
  an allen damaligen DDR-Sendern.
- ca. 30 Jahre eine erfolgreiche Schaffenszeit.
  Orchesterwerke entstanden, Lieder, Suiten,
  Impressionen wie »Die Insel Rügen« und »Der Harz«,
  Messen und Psalmen.
- Ebenso gefragt war er als Bearbeiter für die
  Schallplatte.
- Im hohen Alter lebte Gerhard Ewald Rischka
  zurückgezogen am Rande Berlins.
- Am 19. Dezember 2004 starb er
  im Alter von 101 Jahren.